中国年度优秀散文诗

2018卷

杨志学　冯明德　郝子奇◎主　编

新　华　出　版　社

图书在版编目（CIP）数据

中国年度优秀散文诗. 2018卷 / 杨志学, 冯明德,郝子奇主编.
-- 北京 : 新华出版社, 2019.3
ISBN 978-7-5166-4554-3

Ⅰ. ①中… Ⅱ. ①杨… ②冯… ③郝… Ⅲ. ①散文诗
-诗集-中国-当代 Ⅳ. ①I227

中国版本图书馆CIP数据核字(2019)第055767号

中国年度优秀散文诗. 2018卷

主　　编：杨志学　冯明德　郝子奇

责任编辑：李　成　　**封面设计：**李尘工作室

出版发行：新华出版社
地　　址：北京石景山区京原路8号　**邮　　编：**100040
网　　址：http://www.xinhuapub.com
经　　销：新华书店、新华出版社天猫旗舰店、京东旗舰店及各大网店
购书热线：010-63077122　**中国新闻书店购书热线：**010-63072012

照　　排：臻美书装
印　　刷：北京明恒达印务有限公司
成品尺寸：150mm×230mm　1/16
印　　张：21.25　**字　　数：**270千字
版　　次：2019年4月第一版　**印　　次：**2019年4月第一次印刷
书　　号：ISBN　978-7-5166-4554-3
定　　价：50.00元

目录 | CONTENTS

在皇城相府（外一章）

三色堇

我从未深究隐藏在皇城相府的历史有多深厚，而我正在时光的漩涡里寻求缤纷的过往。秋色中科甲鼎盛的相府透着沧桑。时光晃动着一轮明月。我站在这里，站在一束孤独的光里。我穿行在上花坊、高浮雕、紫云阡、状元桥的浮沉之上，感受历史的月圆与月缺。

众多的影子无法隐匿。一个朝代与另一个朝代的盛世今朝，一部《康熙字典》的前尘与旧事，在此叙述得如此清晰。从一个伤口到一条缝隙，从一截历史到一次阅读，我们无需等到尘埃落定才能心领神会。它的肃穆不容我轻浮的评价。我反复推敲入秋以来的所有措辞，皆无法贴近与企及它曾经的辉煌，它在历史中的纵横与摧毁时间的力量。

一场秋雨开始抬起双翼，它一定见证了皇城相府巨大的过去与将来，见证着时间翻卷的秩序。

相府蜜酒

我无法揣度它的有些“华丽”的味道。这是时光的陈酿，是词语中相思的句式。它有月亮盈怀的样子，驱逐人间的浑浊。它在唐诗宋词中叙说生死与名利。我品味着相府蜜酒的醇香，就像是品味李白杜甫的诗句。

在皇城相府，你可以停下来，细细品味一坛佳酿与一首诗的涵义，感受从心尖到舌尖的灼热之美。无论是高贵的天命还是浮华的尘世，所有的琼浆都不及它纯粹，没有人能够拿走它原版的指向。好闻的美酒让我忘记了归意。

我不知道幸福与迷失有多沉重。原谅我的姗姗来迟！就着秋雨蒙蒙，就着西沉的落日，就着赶往秋天的诗句，一杯相府蜜酒足够让我解读红尘的深渊和人生的意义。

（选自《青岛文学》2018 年第 3 期）

秋之镜像（二章）

小　睫

九月，在浆果的蜜汁中醒来

九月。

蔚蓝将天空的辽阔抒写得淋漓尽致，白云怀抱密语，姿态万千。

大地之上，一些被暑热膨化了的事物于四起的风声中快速分解体内的水分，回到初始的模样。

夏天从早秋纤细的指缝悄悄溜走。

树木收起芬芳，开始孕育北方的金色，几片叶子刚好落在笔尖一则故事的开头。

江南花事休。

流水与苍茫交织，眼前似有岁月挪动。岸边蒹葭摇曳，白露即将为霜。

玉宇琼楼。金蟾玉兔将呈现于又一次抵达圆满的人间。喀戎的庇护下，生命正在历经风雨，开花，结果。

葡萄，石榴……籽粒饱满，汁液欲滴。

大地丰腴，果实与果实相恋，空气中到处弥漫着成熟的味道。

晨光中掠过一抹清凉，不经意间爬上时间的额头。身后的狂热渐渐趋于平淡，急促的脚步在淡淡的香气中得以舒缓。

九月，在浆果的蜜汁中醒来。

开始与结束交接，时光从容安详。

秋词

随风而去。

花开，艳丽。暑热，浮躁。叶子堆积如山的心事。

尚未完成的愿望还在路上。忘记季节的粗犷，被突降的风声和寒意追逐着，加速脚步，奔跑。

随风而来。

晨露，秋霜。萧瑟，干涸。深藏于年轮中淡淡的忧伤。风将辽阔尽情舒展，直到无边无际，天地合一。

秋水长天。

此时，落霞把色彩涂抹到极致，等待鹭的到来。

枝头上饱满的果实，是秋的另一种表达。

抒情或豪放，微笑或沉默。

仪式于时光的眼帘中完成交接，大地是唯一的见证者。

流水舒缓。

风过，涟漪荡起，如起伏的思绪。蒹葭依然在遥远的彼岸苍苍。风雨来与不来，都不会纷扰它追逐飞翔的梦。

一只鹤穿云而上，景象随之舞动了起来。精致的蓝与无暇的白交错更迭，云朵重新排列，一条好看的弧线划过视觉的天空。

雨落，溅起秋光无限。

菊香四溢。

身后，西风独自凉，黄花日消瘦，唯有霜叶怀抱忠贞，把秋送进一首绝美的诗行。

（选自《上海诗人》2018 年第 6 期）

旷野中的一座楼

川北藻雪

楼没有脚，要么把自己钉在了旷野。

死死的，像天空接引的梯子。

我们登临不同层级，老在想，得呛多少风，才有心气去分辨云的成色。蓝，或者灰，仅仅一时心胸，形同碟楼上解散的人影。

那时候，一定是独对旷野，四方洞彻，楼清洗着白云苍狗和潺潺流水；有时，甚至隐藏了姓氏，在充满锈迹的风铃里，仗剑而啸，楼是一个人的江湖。

我们投奔仰望，霞光却过早放弃了天空，踱进背面。

楼没有脚，只是旷野伸长的脖子，必须在内心摊开水墨，才不辜负群山的拥戴。天工开物啊，琼果佳酿，郁郁之岚垒叠，楼甩不掉负重，正如影子攀高，套着枷锁。

大风劲吹。仰天楼上，再不闻枪声炮鸣。

（《辽西风》2018 年第 2 期）

我是一棵香樟树（外一章）

马东旭

我是一棵香樟树。生长在殿旁。

阵阵天风吹拂着我的手臂。你可以从我木质的身子里取出金轮、妙莲、白螺和胜幢，甚至风一吹还可以取出袅袅梵呗和馨香。

我无动于衷地站着。

根深蒂固，春枝繁茂。

我长出的每一片叶子都是鸟儿自在的道场，开出的每一朵花都是一个圆融的世界。

低语

姐姐，我看到你的脸，美丽绝伦，从灰烬中升起。头顶的白银绽放，头顶的乌云合拢。我看到你扶着一根木头，在无边辽阔的苍宇下摇摇晃晃，大水浸泡着双踝和庄稼。

姐姐，你无法隐匿自身的病痛。一双眼睛从真香的浅薄处向风尘凝望。脸色黯淡，是白昼泼向人间的墨汁。

你欢愉，万物欢愉。

你悲伤，万物悲伤。

姐姐，万亩的天宇出现了窟窿，正如灵魂刮起了风沙。

（选自 2018 年 6 月 6 日《郑州日报》）

飞翔的湿地（外二章）

马启代

那些被放逐的芦苇，我的兄弟，孤独地站在冷水里，扶住摇摆的一季风声，绵延为一天云雾，在这浅浅的水域，浩渺着铺天盖地的思想。

无法上岸的圣哲头颅低垂，甚至不能承受光阴的重量，每一踩上，飞鸟的细脚都站不住。惊秫，起伏，排浪般远去，扯不住那哗哗的岁月。

仰望，还是被仰望着，我听到隐约的号子，那是谁，撑一叶扁舟，快乐地穿行在精神的风里。每当此时，我是故乡的过客，心在湿地之上飞翔。

那些风声

留在日子里的那些风声，时时回来。我已经习惯了，在星光下阅读，保持住宁静，把那些被风吹倒的诗行，一一扶起，倾听它们，并用目光送去些许的温度。

留在日子里的那些风声，时而呼啸，穿过心房的缝隙，试图安营，然后长期厮守。我有足够的耐心，等待。我的诗行越写越暖，今后，会有多余的热量护佑它们。

我会随着风声自由生长，我会记得，在这无雪的冬天，它们怎样给我传递风暴，怎样给我缺少筋骨的诗句喂养食粮，并在没有太阳的夜晚，让我抚摸到神明的脉动。

与桃花私语

桃花，不开就不开吧。别轻信宣传，现在天还太冷，冻死了雪花，冻败了杏花，他们还在制造冤案。

桃花，要开就晚些开吧。那些赏花的人，不一定爱你，躲开淫秽的目光，贪婪的目光，到山寺里躲躲，等待真正爱你的人。

桃花，要开就现在开吧。到我梦里来开，到我诗里来开。你知道我有多么地爱你。我无法去看你，你就大胆地来吧。

我储备了足够的温度，刚好适合你。我们两相厮守，慢慢地享用一生。

（选自《山东诗人》2018 年冬季卷）

深秋的火焰（外一章）

马亭华

我目睹深秋苦艾的夜晚。身影像自由的梦幻，时光倒流。

爱人，这白色的羽翅驮着梦的衣裳，像一首无韵的诗，像古老的童话。一颗红豆仿佛在诠释一座内心幽闭的花园。是泥土，雨水，温柔的爱和怜悯，厮守在岁月里的明灯啊，在心中沉醉。

你的眼睛是一片幽蓝的湖泊。我在这回家的路上泪光闪闪。

一只故乡的白鹭滑过头顶，我的心中有怀乡的梦，破碎的忧伤。雷霆，旷野上空的鞭子，闪烁故国的光芒。

爱人啊，看，这初雪，隐隐的雪。

我空空的一生，断肠的歌吟，这细小的歌唱，想把爱的火焰送往高处。

大风歌的苏北

我在苏北大地之上，搬动小小的身影，碑刻荒芜，卑微如一枚没有姓氏的叶子

作为怀念，我寄情于大风，它的深邃、辽阔，它的不带一丝悲伤。即使在没有星星的夜空下，我仍能感觉到小沛，来自楚汉那黄土中飞扬起伏着的久远的呼吸，和家乡父老的数行热泪。

天空，鸟兽，被大风搬动的河山。西汉旷远，剩下的是大风的子民和思念，一起追忆那些波澜壮阔的往事。

从黄昏里掀起的大风，似一望无垠的天涯，和尘世之爱，这诗，这歌，这被镜头无限放大的孤独，和漫漫征途。

（选自《大风》2018 年第 3 期）

灵慧山（外一章）

马雪花

山，是可以走上去的。可以慢，可以快。跳跃起来的，是一缕秋光，落在栗树伸出去的枝桠上。

菊花开，粉，黄，红，浓烈的颜色，要把季节惹出疼痛才甘心。少年的眼睛在风中行走，一阶一阶地攀上去，遇见清潭，白云，满坡的树，和神灵。

叫醒一些词，让它们曼妙。花，草，水色，亭台，楼阁，慢和静，浅和深。用和缓计数起伏的呼吸和沿坡而下的石阶。

树影，和光，在午后，相遇柔软和温暖。树是山的灵魂，站立，是山峰，横卧的那一棵，也挽着山风。还有树叶，在山风吻过的山峰之间静默虔诚。

百合熏风。深黄，或者淡黄，七月开，八月落，九月伴着其他的籽粒，渐次渗入泥土，润养时日和幸福。

圣泉寺

站在风声里，心生敬畏。仰视，相遇圣泉寺。牌匾横空，光影绰立。

一些风物，隐藏了语言，骨殖和梦。另一些生命复出，让人清醒着抚摸尘埃的轻，光阴的沉。

老锄，镰刀，粮囤，以及看不见的皱纹。日子太久，久到数不清星星。

一河水，一头牛，一个人，一座山，山山水水都活得端然。

庄稼成林。水草，炊烟，古时的松。钟声起落，慢了漫山遍野的风。

浅坡，也有春，劫了杏花雨和蔷薇香，匆匆地走过四月，五月，和更多的村庄与记忆，又暖了一盏老灯。

山道向上，背后落日，醉了一场梦。崖壁生草，花朵漫出去，莹莹的半坡蓝色，远远地，也看见故乡的那一坡勿忘我，一样的蓝，一样的漫出去。

还是想起端然这个词，一颗心，端然地走下去。如圣泉寺。如草木。

（选自《海燕》2018 年第 3 期）

在路上

马端刚

1

许多个夜晚，你去了远方。

风裹挟雨掠过屋顶，闪电打开天空，遂复黑暗。

即使被时间揉皱，依然有自己的光芒。

雷鸣钻过楼宇的缝隙直击耳膜，连绵不绝。

水从天空汹涌而来，忽略了那盏晚灯，声势浩大。

秋天的纸上，千军万马写尽阴山的嶙峋和沧桑。

2

延伸的路，是一个疑问句。

雨忽大忽小，风吹得乱，偶尔停下来，想想要去哪里，想想自己原来的样子。

风在头发里，风在衣袖里，人间沉重，身体有锻打之声。

并不期望离群索居，牵手被风吹斜的影子，与时间平行，自由而饱满。

即使此刻看不到蓝天。

3

黄昏像一幅油画，街头巷尾，红色裙子与碎花上衣，一树浅黄慢慢落，都想用文字描绘。

四重奏向人群告别，很轻，很重，留下吻火的影子。

阴天并不是坏天气，不同的花香，不同的光线，清清静静。

像此刻，这一棵是白桦树，下一棵还是白桦树，雨迹风纹，眼睛明亮。

听雨落黑暗。

4

美好，被一场雨和一个夜覆盖。

路上那些将要凋零的花朵，欲言又止，镜像渐渐坍塌。

一行荒芜的脚印，模糊不清。

记忆在挣扎，遥远的一声鸟鸣，撕下的日历，抚摸着流星延伸的路。

从来没有一笔勾销的过往，飞出夜的鸟，做复杂的事，想简单的你。

想风把你的声音刮来，一波涟漪，在心底荡漾。

5

沉默，氤氲的雨，不散的烟。

朝阴山走，未吐露的言语，在山涧跳跃。

金色的火焰，树木，云朵，向后退，寂寥空旷，无声无息。

在空旷的田野，在一只蝴蝶飞走的黄昏，在老人挑着两筐红黄柿子的乡间小路上，抬头看有两颗星星，天色深邃。

想起你，想打个电话，还有很多痛，未说晚安。

（选自 2018 年 11 月 28 日《中国税务报》）

穿越太阳（外一章）

王　童

一

庄严的瀚宇，天圣家族的中心。

万物的主宰，众生的判官。诸神臣服在其脚下。每一束折光，旋转出群星的朝拜；每一片亮色，搅动起顶礼跪求。自大狂燃烧在其中，专横的酋长套上神农氏的面具。氢氦的分子喷吐出灼伤的毒焰，45.7亿年孕育出了天边的首领。玛雅人用太阳石砌起圣殿，光明的神庙矗立在五湖四海。

二

潮汐的引力，将江河煮沸成流淌的泥石流。

它的外层在膨胀，它在释放复仇的能量。

几百万公里的日冕刮起燃烧的太阳风，色球层透视着熔岩的海洋，经纬刻度上射出猎户的火焰。火星的落日在奥林帕斯的火山侧，地穴里的外星人要破土而出。

云遮住了日。雨屏蔽了日。树枝屋檐，要将日的辐射切断。

我要换一方天，我欲改一片地，我奔跑在大雪纷飞的黑夜中。

三

八月的日食在狮子座的怒吼中，木曜月乙酉浮现在闪电旁。

阿波罗扭动着赫利俄斯的手臂，登上太阳粒子吹下的月球。

尤金·帕克撑起焚天的遮阳伞，1370℃的烈焰成哪吒的风火轮，孙悟空从烈焰中闪出照耀的火眼金睛。

穿越吧，穿越那宣威耀武的太阳！穿越吧，穿越那统治星系核聚的天体！穿越吧，穿破那披着霞光抖篷的魔王面孔，穿破那贴着朝日标签的鬼魅魁魑。

当代的后羿射落一轮轮矫阳。

人来了，人将奏响宇宙的强音，人欲拨动太阳的时光。

灾难中的奇迹

一

我们生活在这蓝色的星球上，我们的染色体平行移位在灵长类的丝粒中。魂灵在每一个细胞里聚集消长。神圣的力量，将我们托举到迷茫的空间。脱开牛顿引力，我们飘浮在电离层前。

中东枢纽，求生人群烤着战火中的食馕；非洲一角，难民拥挤在部落的帐篷长廊。

二

瘟疫横行，充饥的草根树皮。枪弹横飞，死里逃生。

逃亡的大道，喘急的潜流。挣扎的苦渡，遍野的饿殍。防毒面具，罩在索姆河会战士兵的脸上。最后一声为救命，临终一丝为求生。

食物链缠绕身上，肿胀的毛细血管分泌着鼻液，古怪的乙酰氨基酚圆片与青蒿素的分子式，拯救着你，拯救着我，拯救着我们的世界。

活着的雪松，活着的熊猫，活着的蚂蚁。

活生生的生物物种——人！

三

当脊椎骨断了的里克·汉森，用轮椅绕遍世界，奔行在残奥赛场上；

当黑暗掠过海伦·凯勒的天空，雷鸣已被隔绝在石器贝壳，视听的风暴从哈佛的校门刮出；

当知觉已无，蜷缩在呓语中的霍金，贪吃着宇宙的水果拼盘；

当从废墟里腾空而起的廖智，残缺的肢体燃烧起火鸟烈焰，智人的力量已撑开了重生的大门。

奇迹是这样的不可思议，生命是如此的战无不胜！

四

越过长江，穿过大河，海洋堆积出了珠穆朗玛峰。

登上长城，飞出关隘，2018年5月14日，光耀的10点40分定时。

一个同鲨鱼搏斗失去双腿的鱼夫，一个横渡过喜玛拉雅海峡的水手，一个与共和国同龄的华夏村人，把奇迹踩在了脚下，用假肢旋起了环舞。

挚恋的夏伯渝，闯进了五天女的宫室，凌云的登顶志，唤醒了沉睡的脑垂体。

那一刻，注销了死亡的告示；那一时，有了新的人类史诗。

欢呼吧，这是生命的转折点！歌唱吧，这是诞生的纪念碑！

（选自《延河》2018年第6期）

甘南草原（二章）

王小忠

草原

骑手已经远去了，我的歌喉已嘶哑，但依然歌唱草原的寂寞和辽远。

我要去寻找那个遥远年代里为我们带来幸福的骑手。

一只可爱的羚羊带着尘世的艰辛，

走过每一片土地，鲜花盛开；

走过每一片草原，温情处处；

走过祖国的青藏，走过青藏的甘南，留下三河一江日日夜夜在歌唱……

亲人们劳作于草地深处，他们携带苦难，逃避狼群的追逐。

那博大深邃的草原上，凉风习习，石头暗红。

高贵的灵魂一样破碎，坚定的誓言也会动摇。

我的草原，你的尽头是否是新生的家园？

流放穷苦和孤单，流放轻狂与渺小，梦中的歌唱能传多远？

荒凉空旷的人生，悲悯绝望的爱情，一切犹如飞舞的灰尘。

我于万丈光芒的尕海湖畔梦回。

我于水草丰茂的黑河牧场痛哭。

我于法器高鸣的桑多河寺焚化。

我于寂寞空旷的甘南草原再生。

——甘南草原，

当草色隐退，你倒下去是白银，站起来是黄金。

野花

好长一段时间，我远离了正常生活，也远离了亟待处理的事务，沉浸在连名字都不知道的野花上。从一朵到一片，它们表现出孤独的一面，也露出欢愉和狡黠的脸庞。

我找不到孤独和欢愉，甚至狡黠的根源，以及它们掩藏在大地深层成熟的悲观情绪。

我一度将它们栽种到房间，想通过夜晚的灯光来照亮生活的秘密。

立冬之前，它们还是枯萎了。

一个被野花击败的男人，再也无法遮掩他羞愧的表情。

必须做到淡忘，守住寂寞。必须为漫长的冬季准备一盆火，然而那些干枯了的枝叶却站起身，

告诉我生命的真相。可怎样才能抑制住那颗追寻美丽和朴素的雄心。

让它们成为生活中逐渐暗淡的记忆。可我也不会因为世间清高的说辞而放弃。

这个时候，我常常怨恨，上帝按照他的意志，将我引入了歧途。

（选自《山东文学》2018 年 5 月下半月刊）

另一群人

王亚平

蝉，声嘶力竭想要撕裂酷暑的帐幔。蚂蚁早就躲进巢穴。

公交车粗笨的轮胎，在柏油路面上沉闷滚动。车站空空荡荡，可它还是得继续命中注定的行走。

人行道旁，树荫之外，晒着些手捧餐盒的汉子。三三两两五颜六色的安全帽，反射出刺目白光，在根本没有风的正午起起伏伏。狼吞虎咽过后，有青烟缕缕，伴随孤单路人听不懂的方言，断续飘散。

刚刚还满的水杯，几近见底。歪倒的是塑料的，勉强不倒的是玻璃的。待会就蒸发掉的水滴，看不出是不是汗珠。反正支撑不了多久，也没人理会。

毒太阳底下，他们或坐或歪，与海滩上戴墨镜做日光浴的那些人似乎不共戴天。

一边一种样式，互不相扰，各自安好。

他们的面色，即使这样肆无忌惮暴露于强光热风，也不见多么黝黑，甚至有些苍白，如此刻空中奔波逃散的云。云知道跑不出多远，却没停步，这群人没有丝毫挪动的意思。

尖细的电铃声一响，他们才伸伸懒腰，立直身子，朝地铁工地走去。坑道口悬一蓝底白字标示牌：实名制通道。

（选自《青岛文学》2018 年第 2 期）

石 头（外一章）

王芬霞

坐在石头上。我和石头，都不再孤单。

我和石头的对话那般倾心。还有一些石头，正在洗耳恭听。

草与花，从石缝里钻出，簇拥着石头。石头，也会开花。

与阳光对话，与月光交流，石头就有了内涵、有了思想。那些石头就变成了江河湖海、日月星辰。千万年的石头，都会说话。那些石片石斧石铲，都在诉说住事。

（选自《飞天》2018 年第 4 期）

大 暑

你热情如火。

火辣辣的季节，我总会想到大寒，想到寒冷的冬天。你穿着单薄的衣服，在雪地里行走的身影。你脸颊冻得通红，眉毛上挂着霜。那时我想，大寒如果是大暑该有多好，我多想把火一样的温度给你。

大暑，夏天的最后一个节气。高远的秋天即将来临。我的热情，可否被秋风吹走。这个炎热的夏天，总让我想起多年前的那个夏天。你凄婉的眼神，像太阳般灼伤我心。

你离开那片花的原野，像彩云般消失。

大暑，犹如大寒。我的季节，少了夏天的蓬勃。

那些消失的岁月，犹如一张白纸。

（选自《大地文学》2018 年第 2 期）

白杨林（外一章）

王宏雷

留下一块伤疤，就睁开一只眼睛。眼睁睁地看着那些被虫咬过的心事，那些泛黄的过往，那些霜打的红，那些成群结队的飘零。

这是叶子的婆娑世界。它们都没有名字。我想给它们起名字，它们都冲我摇头摆手。我瞬间顿悟。于是，

我看见，我把我的名字写在一片叶子上，心甘情愿被林子里宁静的气息刮毒疗伤。

我看见，一只小虫躲在叶子的背后，躲在自己的悬空寺里，守护刹那芳华。

我看见，所有的叶子都珍惜这一季的迷失，用一寸一寸的光阴，觉照眼下千金不换的枷锁。

我看见秋天来了，叶子们披上金色袈裟，包括最难看的那枚。我看见它回家的路，也金光万道。

我看见白杨林，这些太阳神的信徒，将一双双合十的手，高高举过头顶。我看见了每一棵树的内心，那些密密麻麻的年轮，那些尘世深处最宁静的坛城。

红酒

枝头。大红大紫，就算是一生了吗？

还得修来一把剪刀，跟枝繁叶茂的往事，来一个了断。摆脱藤藤蔓蔓一世的纠缠，寻一处僻静的宝刹，安心地做一回玛瑙般的自己。

安静。所有的霜花都化成了没有棱角的水。

所有醒着的都睡着了。刮过的风，淋过的雨，说过的话，攀爬过的伤痛。凡是不值一提的，都睡着了。

所有睡着的都醒了。解放。遗忘在最深处的梦，记得最深的话，没有了那根串着的线，断裂开的一个个字，一个个词，一段段碎片，宛如一只只破茧的蝶，煽动着等待起飞的芬芳。

窖藏。什么都不用做，甚至什么都不用想，只需安静地等着，就能结出自己的般若蜜。这肯定让那些自以为是的智慧，或者复杂的思想，无地自容。

千万别说谁谁是美酒的创造者，他顶多是一位幸运的收集者，或者，只是一位孤单的侍者。

归来。一身清澈地重返人间，一身绛色的袈裟。多少目光，多少垂涎，多少叮当碰响的水晶杯，可又有谁能真的成为一滴红酒的主人？谁能看得懂，一汪琥珀的朦胧背后，扭曲变形的人间百态？

又有谁能说得清一口葡萄酒的真正味道？那甜里淡淡的涩，又暗指什么？似乎只能去品尝，附之一两句词不达意的只言片语，一如五味杂陈的生活。

（选自《河南诗人》2018 年第 3 期）

水乡（外一章）

王明伦

水乡，梦之家园。

那些纵的横的弯曲的河，以紫竹调的节拍，流淌出花雕酒般香醇的吴侬软语。

石桥下的红鲤鱼，跃出优美的上滑音，在碧空中洒下一串闪亮的珍珠。

秧苗青青，水草芊芊，莲叶荷田田。

清脆的蛙鸣，敲打着激昂的爵士鼓。

水乡，雨的古都。

粉墙黛瓦，窄门小窗，临河而立的二层楼，演绎着河姆渡先民五千年的渴望。

一只乌篷船悄然划过。绽放的睡莲花，是浣纱女飘落的红丝巾么？

水乡，伞的世界。

透明的雨滴，溅起朵朵花伞，以婀娜的身段，汇成现代派的诗行。

婷婷袅袅的高跟鞋，橐橐走过戴望舒忧郁的雨巷。伞下的妙龄女，早已扔掉了那枝枯萎的白丁香。

呵，水乡，四季如茵的土地，我梦里永远的向往。

那罗延窟

我们去的时候，雾正从海上涌来。

路如盘绳，窟在山巅。

那罗延窟，坚固的不仅仅是花岗岩石。佛曾在这里冲天飞去。而憨山大师，自遥远的他乡踏浪而来，数载静修，清苦的又岂是躯体？

多少月明星稀的幽夜，没有香烟缭绕，失却了磬音钟声，与之相伴的，唯有松风鸟语。

佛法无边。

痛苦与磨难，是虔诚的试金石。

（选自《大沽河》2018 年第 3 期）

文成公主的传说（外一章）

王忠友

你远嫁那天，从大唐到拉萨的天，比这蓝么？

见证的，是一首颂歌，还是历史抒发的一路乡愁？

庄稼都开始发芽。布达拉宫、纳木错、雅鲁藏布、雪山、草地、喇嘛庙……无处不在的，是你初心的诺言。

你是大美的菩萨。

在马队的古道边探寻，在失眠的灯下翻找。

青藏高原，因为你，就有了仰望的高度；大唐到拉萨的路，有了你，便有了朝圣的匍匐。

匍匐着，直到骨血融入珠穆朗玛的雪莲，融入你的圣洁……

转经筒转动，青藏高原安静。

我问佛：为何你活得那么难？

佛指着众生说：你看……

女娲传说

打我记事起，奶奶讲的，最美的一朵——

天柱折，地维绝，天倾北，地陷南。您坐在飘摇的莲花小舟里，炼五彩石，一颗一颗，扔向险处。

横行的日月星辰退回大地的裂缝，两岸耸成寂然有序的群山；暴虐的海啸，安顿为缓慢的河流……

洞里抟土，捏成黄皮肤的胎身，一路东行，古老的东方，繁衍成龙的传人。

您带着满身的苦难，灵魂被太阳神召回，躯体长眠人间。

简约的传说里，字里行间，您的光芒就是母亲的光芒；您的力量，就是母亲的力量。

望望头顶的蓝天，看看脚下的草原。风吹裸露的地洞、干旱、地震、海啸，人间还有多少灾难？

再给我们一些五彩石吧，让我们把地球修再补一遍……

（选自《山东文学》2018 年第 6 期下半月刊）

墨韵西域（外一章）

王信国

我早已知道，只是我不想说出来。

草原，被上苍之手像画卷一样卷起来了。那是一幅大画卷。

一只过路的大雁说，那幅画，被上苍藏在一朵云彩里，只要云彩舒展开来，那幅卷起来的画，会重新铺展大漠。一棵胡杨说，那幅画，被上苍藏在一棵红柳的根下，只要红柳在风暴中挺起胸膛，那幅画一样会铺展大漠。

我说，上苍在挥笔之前，草原被上苍藏在一只蝴蝶的翅膀上。

泼墨，绿色的意境里，蓝天白云下，铺满真善美。

在墨韵大漠，我与植物一样，学会了适应、担当与博爱。

地平线上有一棵行走的树

远远望去，地平线上有一棵行走的树。

那是一棵伞一样的树。沉重的树冠，压弯了曾经笔直的树干。那的确是一棵行走的树，在地平线上，越来越小。越来越模糊。

辽阔的大漠，植物一夜之间迁徙远方，已见怪不怪。旱季，风像凶手，躲躲藏藏。

地平线上，那棵行走的树，越走越远，远的目光够不着背影。一棵树远行，是万不得已。

像我认识的一个人，他必须出门打工，才能过好日子。

地平线上，有一棵行走的树。

其实，那不是树。那是一个肩扛行囊的赶路人。

（选自《西部》2018 年第 4 期）

落雪

王　剑

下雪了。

一阕阕的白，簌簌地，在大地上铺开。

雪落下的时候，黄鹿山还在梦里。雪不想惊动它，就在晚间完成了偷袭。

雪是被风领来的。它沿着老房子上的黛瓦，白衣潜行。瓦放弃了抵抗，把舞台让给了漫天空降的敌人。

大朵大朵的雪绒，在皂荚树的枝丫间，怒放。白杨高举鸟巢，与寒风搏斗。戴草帽的稻草人，在雪地里罚站。野草呼啦啦晕倒一片，等待来年的春风，将它扶起。

雪自始至终都在干一件事，那就是覆盖。好像只有覆盖，才能收拾目前的残局。

麻雀移动音符，在电线上谱曲。它用一支刻骨铭心的思乡，为远行的游子，标注归期。

日暮，苍山远。

木屋里，一豆灯火，亮着。一位老人，翻捡着瓦罐里的豆子，在等。小黄狗立在他的脚边，尾巴摇来摇去。

雪花，照亮了屋檐下的红灯笼。格外的红。

大地铺开一条洁白的地毯。一行深深浅浅的脚印，由远而近。

两个夜归的人，慢慢地走。说着什么。

一会就白了头。

仅仅几十里的山路，他们仿佛走过了一生。

（选自 2018 年 1 月 26 日《郑州日报》）

暗语（外二章）

王猛仁

一抹划破晨晓的霞彩，落在心的栅栏，似一瓣茉莉的幽香，一层一层的，漫过平静的表情，漫过漆黑的丛林，让一块残石，留有当年的凭证。

风，撕扯着日历，拾掇起所有的喟叹，浸湿往日里的温存。

有时，它能拼揍成一首竞放的诗，驱赶残留在荒野里的夜的深潭。

一道目光的漂泊，一朵心灵的颤栗，是季节里的黄沙，是思念里的飞絮。

从九月如茵的草坪上朗读你的诗章，从心之乱石花丛间采一些绿苔。

在今天这个花絮满天的时刻，忘却全部文字的含蓄，等待属于你的深谷，作最后一次告白。

你不就是那一个匆匆而逝的歌者么？

我始终揣着一摞泛黄的信札，在空旷的街头偷听他们的情话。

当未完的故事和呆滞的目光永无归期，我便记起你被贬时的芳踪，以及那些看似弱小的，甚至是剽悍的生命，在时隐时现的狡黠里，变幻莫测。

不是所有的寂寞都可以被阳光化解，不是所有的惊骇，都能吓飞一只青色的水鸟。

包括苦涩的、微弱的、不甘憔悴又不甘窒息的欲念。

我没有挣扎。

我愿用此刻的残梦，窥视你心底的甬道，在脉络分明的叶片上，寻找遥远北方星星的暗语。

刹那

夜，携着曙色，披着面纱，趁我尚在怀念一棵老树的日子，破门而入；一组词语，着一身黑衣，明眸忽闪，腰肢袅婷，只为远方一只鸟的精神飞扬。

不知何时，你已嗜上了芨芨草的风骨，用另一种形式与生命，为一襟孤凄，永久嘶鸣。

那一刻，月亮念起旧伤，无垠的雪地，才是我向往的大海的辽阔。

一位失眠者开始浮动在淡蓝色的窗口，在傍晚展开的章页里，望着闪动的桔黄色灯光，嘲笑不再斑驳的童年。

梦中总是一步一蹒跚……

你已触到一朵花的光芒。那怕以隐形的力量，簇拥着，耸立着，蜿蜒向东。

为虚幻的面孔，为嘎然而止的曲子，找到一个理想的飞翔之夜。

路灯下，数着细碎的光阴，常常用笔为自己呐喊。

试图滋润一种燃烧的渴望。

有时，也用含泪的眸光去染红低飞的雁阵。

我的双眼早已布满灰尘。

既然往事已击穿纯洁的本质，我希望久合的苦涩与哀愁，沿着扭曲的水珠与叶苞，在大地与圆月之间留下思考，直到我的生命里只剩下飒飒风声，只剩下鸟声余韵。

蹒跚

除了最后一次燃烧的晚霞，剩下的，只是偶尔的惜别和山神的呼吸。

一座尚未命名的山峦，有权选择站立，或者矜持。

没有长出翅膀的絮语，翻来覆去，倾听一首诗的抒情。

隔开每个晨昏的思念，背依而歌的身影，有我期待的人生渡口，有我向往的单纯与伪善。

我的笔尖，掀动着生活的浪花和内心的独白。

在千里之外，我就是那个斜卧草坪含泪忧郁的男人。

一滴透明的水珠，就能涂绘出大地的绚丽春色。

冬天没有凋零。

我的诗句,已经跨进春天的门槛,在黑暗里,贮存着阳光的温暖。

尽管冰雪尚未融化，尽管满天的星星瑟瑟颤抖。

百鸟的鸣啭，已汇集成爱与恨的进行曲，似一桩刚刚隆起的汹涌往事，奔流在历史的雄浑旷野。

而我，既属于流尘，又属于安澜。

（选自《星星·散文诗》2018 年第 8 期）

滑台怀古（三章）

王幅明

望乡

滑县的历史，始于古滑国；滑台的记忆，始于滑伯。

大约公元前一千年，周康王执政时，封周公第八子伯爵于滑国，史称滑伯。滑伯勤政恤民，敬德崇礼，颇受民众拥戴。因王命在身，无召不得还京，天长日久，乃筑就数丈高台。每每登台西望，以慰乡愁。

之后滑国都城迁于偃师，但滑台遗址犹存。

往昔州县衙署，今为育人校园。学子们追古念贤，集校内古滑台断碣残碑十余通，于校园一隅，建成滑台遗址碑林。松柏映衬，古意盎然。一通《滑伯祠记》残碑，记载了滑伯的陵墓，印证了滑县悠久的文化传承。历代县令上任，必先到滑伯墓前祭奠。

一个个斑驳的石碑，带我们回望远古。

滑伯墓侧，有苍劲古拙的丝棉木一株，传为滑伯亲手种植。虽历经风折霜摧、电击雷劈，屡遭战乱兵燹，却一次次涅槃重生。可是滑伯的灵魂保佑?

用想象垒起土台，纪念远古的贤人。

站立滑伯的望乡台，一眼望见三千年前的风景。

欧阳修的目光

一个并非滑县出生，也不在滑县安息的古人，却受到历代滑县人民的尊敬。

巨大的广场。一尊修长的雕像，手持书卷，身着宋代官服，风流儒雅，眺望远方。穿越千年时空，他的目光直视今天。

自号醉翁、因刚直不阿从二品官贬谪为知县的政治家，倡导革新的文坛领袖，终生用品德和诗文照亮后世的男儿。自任滑州通判，便在这块土地上扎下了根。

在滑州，欧阳公写下千古名篇《画舫斋记》。他将寓所比喻为一条船。他的一生都在这条船上度过。少有风平浪静，更多的是惊涛骇浪。屡遭误解、诬谤、贬谪，这条船依旧前行。挫折未能改变他，而他，却用风骨与风雅在青史上留下英名。画舫斋被后世的历代文人墨客顶礼膜拜，赋诗立碑，许多次重修，又许多次易名，始终是滑州的一道胜景。

广场的背后是在战争的废墟上重新修复的画舫斋——欧阳书院。一侧是桃李满天下的欧阳中学。欧阳中学的校园里亦有一尊欧阳公的雕像。学子们常常在雕像前诵读欧阳公的名篇，缅怀前贤。

领袖远去，朋党仍在；画舫虽失，遗风长存。

清澈的源泉继续流淌。

六一居士的目光里露出欣慰。

运河无声

隋唐大运河从道口镇流过。

它拐了个弯，带着五谷、锦缎、美酒和先辈的笑声，飘然远去。

它留下骄傲：刻在古城墙的断壁上，顺河古街的店铺间，古渡口的石阶、码头上，已经变窄了的河床和静静的流水里。依稀辨认石阶门洞“山环水抱”的匾痕，残存的水闸。

它们见证了千年之久的航运。留存下来的义兴张道口烧鸡老铺、同和裕票号、德庆诚绸缎庄的铺面旧址，两座巨大的粮仓和通往运河的专道，纪录了古镇曾经的繁荣。

早在东汉，曹操已将黄河故道疏浚，通航漕运，时名白沟；至杨广登基称帝，集六年之功，挖通连接京都长安洛阳至杨州的运河，成为中国的动脉。犹如雨后春笋，沿岸一座又一座城镇相继出现，道口镇应运而生。

老年人清晰记得年轻时目睹过航运的盛景。只是在几十年前，因为废水和垃圾，河道淤塞，永济渠卫河段惨遭废弃。

道口一面街旁的旧舍、古城墙、卫河及多个渡口码头，已成为永恒的记忆，列入古镇的历史遗产，受到保护。

在河堤大道徜徉，仿佛读一部历史大书。里面有先人的欢笑、骄傲，也有郁闷和血泪。

运河无声。我听出了它心中的澎湃。

列为世界文化遗产名录固然不失荣耀，但它更愿意延续历史，复兴昔日的辉煌。

（选自 2018 年 10 月 17 日《郑州日报》）

不会成长的树

王德宝

我不喜欢谁用怀疑的眼光打量我越来越白的胡须。尽管这可能是岁月给我的最后一个道具，我却不喜欢有人用它来推测我的阅历和年纪。

我做了若干的游戏，却忘记了每一个游戏都有要遵守的规则。和我玩游戏的人都离开了我，丢给我的是一堆无法理清的记忆。我站在游戏过的树下，无趣地看着一群蚂蚁诞生，又看着它们自然或意外地死去。我把我的叹息留给了它们，只是不知道它们是否也把同样的叹息留给过谁。

风雨早已抹掉了我和游戏者的脚印。我在树下流连，却不知道不再流连的途径。总有人匆匆地走近我的注意，又很快匆匆地离去。我想用呼喊留住一些人，留住一些让我心旌摇曳的过去。我在每一个季节里都做出了呼喊的准备。每次都没等我张开嘴，那些冲过来的风就把我精心的准备洗劫得一干二净。

在树下的时间久了，我的五趾早就和这里的树们盘根错节，纠缠不清。离开的愿望在丛生的枝叶里，慢慢泛白。

我成了一棵树，一棵不会成长的树。

风起的时候，我听到呼唤的声音远远传来，却不知道是谁的呼唤，又在远远地呼唤谁……

（选自《湛江文学》2018年第5期）

纸恋

天 涯

1

你以爱为器，打碎我心的禁锢。

压抑的情感被一声苇笛瓦解，再也无法将它束缚在狭小的空间。大地溢满清流，我在水的倒影里读你。

有蝶迷失花径，只为寻找苦涩背后的甜。你的世界于我是陌生，我需要你的引导，才能避免误入歧途。

荒原之上，一棵树孤傲独立。而另一棵树突破阻隔，朝着你的方向，努力舒展身姿。

当树根与树根在地层交织，一荣俱荣，一衰俱衰。

一个梦种下，就有无数的梦被惊醒。

“你是谁？”

“我是你失散于战乱的爱人。”

月色朦胧，美丽的小妖跳着欢快的舞步，铃当清脆，一地玫瑰在风中纷飞。

爱，在回首时孕育，离别时抽枝。

2

咫尺天涯是现实，天涯咫尺是心灵。

当爱俘虏了两颗孤独的心，诗就从生活的瓦砾中突围而出，那些温暖的词汇在跳跃、聚合、凝结。

多么滚烫呵，比盛夏的太阳还要炙热。

需要冷却一下嘛？不，我需要这温度，才能消融半生的寒。

胸腔里，有太多的话在冲突，它们想找一个缺口，可以活泼泼地涌向你。你占领我的疆域，夜行千里。马蹄所到之处，满目朝气。我早已无路可退，除了爱你，还是爱你。

舍不得醒来，梦里有你的身影；又急切地盼着天亮，这样我就可以站在树荫下，看你披着霞光走来。因为有你，曾经的伤痛酿成甘洌的酒，让我一醉方休。

在这纷繁的人世，唯有你，才是我情感最后的皈依。

3

我的目光穿越千山万水，只为你而来。

爱无垠，情已漫出边界。

我身中爱情奇毒，深入骨髓的想念让毒性一次次发作。疼痛与欢畅，幸福与痛苦，爱与被爱，让枯寂的心抽出鲜嫩的叶，充满冀望。

在虚拟的场景里，我与你走过晨昏，穿行风雨四季。我不曾缺席你人生重要的节点，你也从未离开我的视野。我们是两棵共生的树，相互依赖，又各自独立。

我要给你今生最难忘的爱情，让魂灵在爱的路上丰厚充盈。

当小鸟飞过窗棂，我的爱人已苏醒，他的唇间还残留我偷吻过的痕迹。

亲爱的，再多的言辞也无法表达爱你的心情。不要问我缘起何时，爱一个人不需要理由。若真要追踪溯源，那是在前世的前世，你在桥上的那一个回眸。

4

爱，是世上最动人的词，让绝望变希望，美好更美好。

流浪一城又一城，我是寂寞的歌者，无人停下匆促的步履，聆听我心灵的歌吟。

多少个夜晚，我在描绘你的样子，用文字塑造骨骼与血肉，把我的情感倾注到你的身上。

等你的时光里，我阅尽繁华，看破人世真相，却依然心怀热爱，那是寻找你的动力。

你来了，我灵魂的知己，自带光环让我看清前方的路。从此，风雨阳光，我只与你同行。

原来，我曾跋涉的那些坎坷，黑暗中的哭泣，是为了成就最好的自己——遇见你。

我是一个多么幸运的女子呵！虽然苍天让我以磨难为代价，来换取与你的邂逅，但我依然以额叩地，感恩他的仁慈。

5

你开启我激情的闸门，让爱一泻千里，奔向你的海域。多么壮观呵，那一路汹涌的波涛，呼啸着，带一路的花香。

我在听树枝上的蝉鸣，何时这恼人的嘈音竟变得悦耳起来？酷热的风也不那么令人烦燥，心出奇的安静。我爱，这一切的改变都跟你有关。

最喜欢有月的夜晚，我可以发出请求，请月把我带到你的床前，在你唇上偷偷一吻。等天明，你会不会惊讶唇间那隐约的甘甜？

在你面前，我无法掩饰内心真实的欢欣。每个细胞都在快速裂变、生长，脱胎换骨。我终于活成了自己想要的模样，这也是你最真切的希冀。

为你写下一行行心语，带着滚烫的炙热，这是我要回赠给你的。请收下这颗心，与你相印。

6

我是如此迷恋，迷恋你温柔眼神里的火星。一粒，就可以让大片枯萎的植物燃烧，得以新生。曾经，我也是一株即将萎谢的植物呵，似枯木，等待逢春的时机。

没有人告诉我，春天在哪里，我只能努力挣扎，想与命运来个博弈。

我的旅程，因你的出现而改变方向，沿途就有了不一样的景致。相信美好，就会遇见美好。我在追忆、捡拾、粘贴、复原，爱情的样本。又一次次在夜与昼的交界处，书写新的剧情。

人生最幸福的事莫过于遇见一个相知相爱的人，让我们携手旷野，走向神秘的迷宫。传说中的巫女，挥舞手中的魔杖，答应实现你我心中的三个愿望。我在每个愿望的前缀上都写上了你的名字，这是我最想给予你的祝福。

（选自《散文诗》2018 年第 10 期）

桑多河畔（二章）

扎西才让

播种

春野如黑色颜料厚重粘稠，
那高峰融雪也似浊流将画布上的山川悄然洇开。

尖锐而弯曲的树枝上，是零星的几点梅，
沉默的播种者，你还在我的画面之外。

暮光迟早会照亮你红扑扑的脸膛，晚风也会抚慰你僵硬的手指，
直到你的女人升起炊烟，你的狗从房顶上看到你的身影大叫起来。

哦，父亲，你当年种下的青稞，
现在，才给我结出了紫色的颗粒。

夏夜

凑近一看：
清一色的女人，坐于河岸，身上披着一层薄薄的冷艳的反光。

如果她们都不出声，我会怀疑她们全部来自地下的世界。
幸亏她们突然都哗哗大笑起来，
这笑声和桑多河水一样的响亮，一样的让人感受到夏夜的美。

哦，是月亮让她们陶醉，
它在天上控制着人间的潮起潮落。
无论四季如何轮回，它都给她们披上一层薄薄的冷艳的光辉。

（选自《中国诗人》2018 年第 3 卷）

星辰闪耀

扎西尼玛

黑母羊，缀满宝石。

鹰笛悠扬的旋律中摆动细腰。在山峦的浪头，我迎风而行，山脚有归宿的暖房。

雄性的豹子。

黄金斑点。

雪山的褶皱里时隐时现。雪莲开在云鬓，露珠挂于笑颜，温情的记忆为我引路。居留高处，干净的空气滋养灵魂，涓流相拥今生。

守护内心的领地，让珍贵的身体徜徉秘境。

星辰下凡村落。

照亮粉红脸庞。

灯火的存在，使远方不远、马蹄疾驰。

（选自《星星·散文诗》2018 年第 11 期）

骆驼城

支　禄

一堵墙，是画；一堵墙，是歌；一堵墙，是诗。

是画，光影交错，隐隐约约晃荡骆驼起伏跌宕的脊梁；是歌，大风起兮云飞扬，唱着《胡笳十八拍》沙砾自飞；是诗，立于城头就是“黄河远上白云间，一片孤城万仞山”的壮美。

河西风再大，吹不来昔日骆驼如云的影子。

但是总有几根遗落沙海的驼骨，指着城头皎洁的月亮，河西再大的风也吹不走。

传说中城头的月亮在三弦子上舞蹈，沿几根丝弦，骆驼跑得起土冒烟。

苍苍茫茫中，听到落日一声长叹，那时骆驼归来，就舔食云样的荒凉。

彩绘画像的砖上，一块块背着风的骸骨，像背着一条条风干的河流，如今，方方正正地坐下来注视雄浑的河西；砖上，有人扬鞭耕地，撒播种子，一定是春风从江南打马而来，鞭子在空中高扬了两千年，种子沿着弧线落了两千年，一只麻雀抢食种子向下飞了两千年；砖上，家畜走出圈门望着长天，星星总在眼眶外落下；几只凳子，桌子静静地在砖上等着马帮和传说，一等又是两千年。

青海的树神搂起长长衣襟匆匆翻过绵延起伏的祁连山，像跨过一道门槛，在一块汉砖上坐下来，从此，就很少打探云朵里神的动静，和人类平等地住在一条线上，邻里邻居的，帮人们开始思考大地上的事情，思考秋风阵阵，大雁南去，思考粮食、灶火。

袅袅娜娜的炊烟中，神，让大地和天空如此肃穆。

神的影子里，更多的人坐在砖上消遣时光，像坐在自家院子的木凳上。

一旦走到时间之外，一切都是无动于衷的样子。

出使西域的张骞迎着风沙而行，至今听见他扑嗒扑嗒的脚步；骆驼城王子用饿马摇铃、悬羊击鼓的手法，瞒过攻城的敌人，领着文武百官和百姓谜一样悄然远去。风中，经常听到他们匆忙的脚步，但是风一停，四处茫茫，又不知他们去了何方；玄奘闯过金城关像一路上穿过佛祖空空的肠胃，一只挎在肩头的行囊，让风沙吹得肥嘟嘟的，不久飘成天空的朵朵白云；班超的马蹄声声，霍去病箭射云端，陈子昂城头迎风唱诗，林则徐负重前行的车辕，左公柳年年泛出的新绿……在骆驼城留下的回响，已经越去越远。

黄沙蠕动，风在秘密地前行。

风把骆驼城搬到更远的地方。

一座故城作为骆驼远道而来的好去处，当从青草地走进无边无际的黄沙。那时，骆驼客一眼没有穿透二千年的时光，他们只是用梦拴起一峰峰行进的骆驼。

在河西，梦被吹成高扬的旗锦；旗锦飘扬，骆驼就得继续负重而行。

骆驼看了一眼，一一来到梦中打招呼。骆驼客只因睡得太沉，对骆驼的到来浑然不觉。后来，骆驼驮起那夜的月光就走了，走到时间的背面。等醒来，骆驼客已经孑然一身。

怪，就只能责怪自己。

一堵堵的城墙，肯定有话要说。

风说着，但有谁听懂风的话呢。

（选自《星星》2018 年 5 月下旬刊）

荔枝古道

水　湄

夕阳打落在一条古官道上。

侧耳，我仿佛依稀听得马蹄声疾，看得到黄尘四起。

一条官道，名字叫荔枝，专为杨贵妃开凿。烟尘滚滚，马咴咴嘶鸣，一骑入长安。

一条官道，和流进长江的大洪河一起见证唐时的史册染有荔枝的色。见证绝代与风华，盛荣与衰竭，恩宠与绝决；见证镜花水月，马嵬坡秋烟芙容般的美人凄厉厉扶住三尺白绫！

身死，魅灭，三尺白绫是她最后的落笔！

来者来，去者去，荒野，亡命，爱情，欲望……都是史书上的一滴眼泪。

荒草淹没历史的钟鼓，却封不住一条古道的脚步，烟尘散尽，一遍一遍它在咀嚼回味播放那些年的事……

生埋于死。

一条官道载着荒草触摸到一个女子的金钗、发丝、肌肤、血脉、骨肉……

出生。历史。

一条官道带着蹄窝蜿蜒千里，如唐一缕长长的炊烟，时光以及时光的密语，风吹，雨打，很多很多年了，在沧桑里停靠。

一片黄昏落下，风还在吹着，不涉悲喜，荔枝古道静静在邻水的史册上流动……

（选自《星星·散文诗》2018 年第 1 期）

野水枫林（外一章）

风　荷

层林尽染，石上流霞，卷轴次第展开。

秋天的古道，欲念飞离。红叶如燃，一时兴奋。时兴又考究的画派，跃上眉眼。

古道，亭台。远行客，旧时天气。

墨味浓重，笔低头缓行。把折叠的山层层渲染。画里，车轮声声，带出书卷气和前朝襟怀。

停车，坐爱。

于山顶，不见外面世界热闹喧嚣，也无雨湿了青衫。

每一道阳光都恰到好处。

由金黄到红润，胭脂色，醉酒的美人，那是枫叶片片。

秋风似剪。大手笔，裁剪出的精致格调。再涂色，装帧，上墙。野水枫林，镜头唯美，迤逦的队形。

崇山峻岭，灯光，布景。

秋天拉开大幕。万物都变成舞者。或安静，或激越。肌肤，骨骼，舞出火焰。

山水荡漾，星火万盏。

前尘往事，随黄昏落到一场大寂静。

杳杳钟声

一面钟，模仿嘴唇。

此刻，有脚步远道而来，在南屏山敲响。而后有序传播，绵延于湖的南岸，千米有余。

钟声是线条，泊在画家张择端的《南屏晚钟图》里。

钟声的身体里有山的脾气。

净慈寺，一个一个细节就由钟声贯穿，人间一直过着朴素的生活。

山泉潺潺，茶香袅袅，钟声是乳白色的。

展开翅膀，飞翔到对岸。一路穿过雾霾和尘埃。

从古到今。

杳杳钟声，传递出山水的宗教。

请允许我也跟着钟声奔跑。穿过耸秀怪石，苍翠绿树。抵达彼岸的云天，抵达人世的鸡鸣和桑烟。

清风，鸣蝉，流水，佛音。

我会把钟声放于右耳之侧，自省醒警世。晨昏，我都会把钟声的回音折叠藏好，仿佛岁月的赠与。

然后默默把整个湖山端详，把自己热爱。

（选自《伊犁河》2018年第3期）

我们一直误会了秋风（外一章）

方文竹

越过千秋关，像大军压境，一阵秋风卷刮着月牙湾，抖弄着大地的盛装。

秋风用它神奇的双手，脱掉了大地的第一件服饰，露出了粮仓、硕果，天下一片火红。落叶像无数小纸条，发布撒遍一地的贺讯。

宛溪河南畔的草根画家魏新雨将磨砺一新、银光闪闪的一把弯镰移入汹涌的色彩。

脱掉第二件衣饰，露出素朴之美。减去色彩，一个时代的意境病急需饥饿疗法。世界成了磨刀石，刀却成了无用之物。魏新雨的窗户日夜洞开，接续日月的光辉——一场大润墨，成了无用之物的刀在画里闪烁出神性的点睛之笔。

脱掉第三件衣饰，给另一事物穿上。大量的留白，粗疏的线条暗喻更多。晨雾迷离，魏新雨忙劝忠贞的侄女改嫁。

最后的一件衣饰脱下来了，一头野兽冲破心之门而出，狂奔于荒凉大野。

秋风吹着吹着，伸出了无数神奇的手……世界在穿画，画里的世界在穿衣。

我们过上了细生活

“一只杯子装进了大海”，我们饮着饮，饮着大地的余温。深夜里，我与邻居老魏饮着名茶“敬亭绿雪”，万丈豪情缩减成小巧的诗意——

要狂饮也只是呷着一阵蜜蜂酒，微醉非醉。

海边古铜色的脊梁被涂抹成雕塑，被搬进了富丽堂皇的精致客厅——

两双眼睛凝视。温情的微澜，擦洗着窗外无边的夜空，不是星动，也不是心动。

两个老男人热烈抚弄、讨论着手中“女娲”牌五彩石。

烟灰缸里残存着政治。

电视画面。我俩的话题，最终定格——绅士留着分头，淑女修着指甲，在天地种草养花，放牧幼鹿。

圆圆的月亮被掰成一地碎银。

郊外火车的笛鸣被模拟成猫叫。

天使的翅膀被制成遮阳伞。

庄子变成了世纪村庄，完美无缺得像一只走私花瓶，与国际接轨，细针密线，串起一千种秋果……

我和老魏像两粒钻进针孔的圆润的珍珠。

（选自“中国诗歌流派网”之“散文诗界”2018年12月20日）

玉兰花开（外一章）

可　风

似曾预约，说开就开了。似曾关注，在一个纯粹的春天，真实而具音乐性的躁动。

虚弱了一冬的身体，一下子硬朗了许多。

每朵花都有共有的命名，统一叫出来，内心就敞亮了，仿佛点燃了火焰或尊严，让小院里达到了喧嚣的高潮。

我在树下经过，即使不抬头，我也听到了玉兰的窃窃私语。

我是你的知音吗？我已经隐姓埋名多年。

从半空开始，它的远方，必将被寻觅的目光穿透。

此刻是容易受孕的季节，所有的劳作，目的变得单纯。

惊蛰

大地开始变得松软，我也承认有些关不住的绿开始在枝头炫耀。

那些雷没有绝迹，沉寂了太久之后，突然又响了，一些秘密被再度揭晓。

河水唱歌了，哗啦啦，在喧嚣的快乐中，嫁给了远方。

生硬的风慢了下来，它用抚摸的方式扶持乡村的生活。冷已经退却了，不再疯狂的灰烬也没有了踪影，疼痛已是过往，我从没有如此认真地经历生活。

春种已经开始，我播下了纯真的梦想。

不求收获，但求真实经历。

（选自《星星·散文诗》2018 年第 8 期）

我的旗帜

卢　戎

你走了太久，从秋初到秋暮，如一枚蒸发的露珠。

落叶等不到你，她一次次筛落阳光，直到把自己筛进泥土里。

这个秋天没有雨，你的叹息如雨滴中最悲凉的颤音。

河水呈现金子般的颜色，那是虚构的假象，是刚漆过金粉的庙宇。置于香火的缭绕，凡尘抛向世外，牛羊、花草都成了我的亲戚。

街上弥漫着银杏、桂花的情歌，你不来，我失去了痛感。我想在你的心里种下一片辽阔。

秋天和乡愁结伴，如火般叩问我的身世，我走在暮色中，忧伤无处安放。

又要远行，无论去哪，孤独都是我永远的归宿。

我用沉默把凛冽的哀伤压进一壶老酒，你来了，好与你痛饮，与你沉醉。案头的书册中飞出一只知更鸟，把你的那只酒杯打翻。

角落里，一朵小花瑟瑟发抖，它的孤单在秋天里与我遥相呼应。我眼中的大风，风过沙漠之势，枯萎在蔓延。

我重返时间的岛屿，用了十年的时光眺望，目光翻卷，干得遍布皴裂。

天亮之前，我要把你升起，如一面旗帜。

（选自《青岛文学》2018 年第 1 期）

春天的印章

卢　静

杯 口

你只看见一个静默的苞蕾。

“快准备纯银打造的小杯子，比微笑还浅。”你想，足够盛装了，足够模仿一个开启的口型。

不，孤独的过客，你看不见——

我全部根须的绽放，早覆盖了词语蔓延的阡陌。诞生神话的沃壤下，那最轻的试探，也来自年深日久的呼吸。

我四肢热烈而深邃的颤摆，比植物们低，却比鸟翅高。

你看不见女娲飘留的乌丝。看不见被旷野赞美过的太阳，那千万道目光却追逐你而来。

黑夜，一座奔跑的花园

走上交叉盛开的小径，会认出花蒂。

永远照耀的月亮下方，悬挂着一整幅黑夜。那里有张网的剪影，飘洒时间的灰烬。那里有一个巨大的杯口，倒扣住我们。

你的篝火哔哔剥剥，一朵花或偶尔经过的一匹马，在火光中寻找生命的底片。

这夜晚……失语的流星，向下生根，扇翅的雪花，向上叫喊。

被黑暗追逐的花园里，你看见全神贯注的生长，看不见一枝对抗的痛楚。

永远照耀的月亮上方，苇丛扶起另一半风声，扶起垦夜人的背影。游荡亿万年的星星们，闪出世代铸造的犁尖，才开垦一个透亮的国度。

在东方浮现一片海棠白之前，盘旋上升的天河之后。

你看见高贵的天幕，看不见一粒尘埃卑微的闪光。

溯流而上

有一种属于花朵的真实，近似于虚构。

“上车吧，在旅行结束之前，我会讲述姓氏的历史。”过了立交桥后，大风吹得原野绽放自己，我们一直向前，或许能提前眺望到大海。

你终于认出了，我，一个唤做棠的人，总想打开蔚蓝色的镜子。

你在岩画上站起身时，曾经遇见我。

嘘，不要惊动河水，那里正孵化希望的小蝌蚪。我沁出野葵汁液的手，摩挲陶罐上的诗，而你抛掷野兽的嗥叫，摩挲了我闪光的掌纹。

你在竹简上飞奔时，曾经遇见我。

旌旗猎猎卷起两岸风涛，你不看逐鹿正急，阴晴不定，你看见一个追逐大海的精神家族，青铜笔锋与胸骨都喷射信念的浪花。

你遇见过我……

（选自《中国汉诗》2018 年第 1 期）

倒扣的湖水在燃烧

叶枫林

1

父亲离开了，母亲离开了，而后姐姐离开了，我所记起的老房子也已经不在了。只是木箱和刀器仍在空档处疑似活着。

有樟脑丸的气味从对襟的衣角飞出，有菜沫香葱在些许油脂的汤勺边溢出。啪嗒啪嗒，像打开一道手电筒的光，它们秘密的指纹消失，晾干了从前湿漉漉的信息。

空地中央，无名藤爬过炊烟的影像。是火苗把风吹偏。

夜晚，拉灭灯，一口水缸里冰着的西瓜复原一枚硬币似的月光。

我的眼眶充满拖曳的夏夜，窗外，虫鸣正在焊接草木的栅栏。

院落的竹竿上，午后鼓起的声音疑似长久的春天。

银色的飞翔，晶亮的斑点，拉动的门栓边缘，你们永远不会再回来……

2

我们组装稻场和风车的现场，蜻蜓和细雨都在。

遥远的地方，有近处的道路捧高低处的往事。

包括手持棍棒的稻草人、闪闪的红腰带、停在空阔乡间的鸟、散落的房屋……我想把它们涂抹上一点点斜阳煮熟的麦香。

墙在后面，寂静挂在前方的枝桠上。

随便你们怎么飘荡，我能找到不经粉刷的胸膛和它内部装修的语言。咬紧嘴唇，冬瓜沿霜降长满白色胡须，但野高粱嵌在白边蓝底的山岗，看上去如倒扣的湖水在燃烧……

（选自 2018 年 1 月 16 日《我们》微信平台）

冥想之甜（外一章）

叶　梦

陷入冥想，我正在一点一点地沉没。

冥想是一汪温泉，柔软芬芳，灵魂浸没其中。

冥想是母亲的怀抱，我在熟悉的体香中被融化。

我端坐窗前假装眺望远方，恍若蒲团上入定的僧人。

远山与湖泊，光影幻变的日月晨昏，都是我沉溺的幌子。

山水只是眼睛的一个借口，我根本就不需要任何借口。

让思考进入冰箱快速冻结，凝固为一尊雕塑。

过滤世界的一切声色犬马，肉身在羽化。

我听见经络传递的丝丝声，细胞更新的扑扑声；我还听见二尖瓣三尖瓣主动脉正在舒缓地开关闭合，血液交换搏动的汩汩声。所有的肌肉都在放松，神经元已经放弃守卫长矛进入冬眠，所有的焦虑因子烟消云散。

无边的黑暗无边的深渊无边的宁静，冥想的浮力托着我飞升，飘过九天宫阙；与亿万星宿擦肩而过，跳入银河里仰泳，进入某个星系的轨道畅快地滑行。

冥想是安魂药。

冥想是顶级精神的奢侈品。

冥想让我身体长出了千万个舌头。

我尝到了丝丝的甜意，冥想之甜，无法言说。

宁静如宇宙死海，宁静如我心不起涟漪。

肉体与灵魂重合，我的灵魂妥妥的。

一个全新的我正在冥想中诞生。

暗夜的密语

七夕之夜下着小雨，织女与牛郎正在鹊桥幽会。

暗夜里植物发出密语，超音频旋律在草木间徘徊。

没有月亮的暗夜，一丝丝捉摸不定的气息，在初秋的细雨里游走。她们与暗夜融合在一起，无处不在又无迹可寻。

那是白兰花的幽香，像一条水蛇迂回曲折奔我而来。

白兰花在线！她在若即若离地呼叫我，犹如一缕白烟，又像饱蘸淡墨的毛笔那么一掠，迅速在宣纸上浸润开来，洇入我的皮肤融进我的血脉的是透骨的香。

秋天的白兰花，暗夜里藏匿于草木之中的自媒体，光波连接了我嗅觉的蓝牙，没有文字没有视频没有图像，只有若隐若现的气息。

细雨过滤了初秋的潮热，落在我的臂膀上是恰到好处的凉意。淡淡的香气包裹了我，伸手一抓，好像又抓不着她。被喧嚣的尘世烤得发昏的我，耳朵根没有一刻的安宁，季节性焦虑周而复始，沉溺尘世的肉体在酷热季节犹如遭遇凌迟，等待一片一片地化为虚无。时间就这样在无端地消耗，生命将风化为碎末在天空飘散。

暗夜里的白兰花，救我于水火救我出重围。

我轻盈如一只蝴蝶。在白兰花的屏蔽圈自由飞翔。

七夕之夜下着小雨，织女与牛郎正在鹊桥幽会。

暗夜里植物发出密语，超音频旋律在草木间徘徊。

我枕着白兰花的香气安然入眠。

（选自《散文诗》2018 年第 11 期上半月版）

几何

田春雨

幼儿园的诵读声
透过围墙上，圆形、方形、梯形、菱形、扇形
的洞孔，缀饰着西后街的春天

圆形的，似鸟鸣。晨露在嫩草叶上滚铁环。球形的影子
窝藏着内心弹性的最大值
方形的，似警笛。池塘干涸了，关闭仰望的
天窗，即可锁住苍穹低垂的四个角。城市斑马线，则是流动的门
走进去，可以踩住奔波之苦的七寸
菱形的，似叹息。枯枝摆动春风的腰肢，找到新生的节奏
扇形的，似流水淙淙。缓缓舒展的光阴，终会缓缓收拢
旁观的沙漏绘制波浪状的沧海桑田，遍野皱纹横生
梯形的，似号啕大哭。断桥的脊梁，与远游的地平线
或交叉，或平衡。戴着面具的楔形文字，脸上不会有动静
这其间，夹杂着
若有若无的，酒樽状的哀乐。源自幼儿园的隔壁
似一个精心打制的三角形。“对酒当歌，人生几何”
在这里，空间和时间——两腰正好相等

（选自《草堂》2018年第2期）

有一条道路通向村庄（外一章）

冉茂福

如冷凝的面容，在清霜的背后消逝。我们背负时代的暗伤，孑然一身，恍忽的镜子折射心灵的忧伤。

雪，憔悴的花瓣，匍匐在田畴与山谷，泛黑的石头沉睡着春天的梦。

月，清辉一样消融，仿佛藤蔓攀缘在岩石，伸长的枝叶寻找阳光的虚空。玄冥的世界，澄澈中通体透明。我们静静地倾听，露珠滚动的清晨，一切事物都将崩溃。

尊贵或卑贱与道路无关；

衰败或繁华与道路无关；

诚实或虚荣与道路无关；

道路的尽头，就是密林，就是村庄。

承载着生命的绝响，静卧一千年，展示一千年。智者之水，洗戳污垢之魂；苍山洱海凝集蓝天之远。无风、无雨、无雷、无电，自然而顺畅。

这是一条险峻之路，娴静而神秘；

这是一条失望之路，忧愁而悲伤；

这是一条希冀之路，兴奋而温暖；

沿着峡谷，沿着这条通天之路，我们到达了宇宙的极地。

山的深处，那串火红的思念

一束清冷的风在季节的狂欢里舞蹈，如庄生击盆而歌，梦里的蝴蝶追随生命的阳光远行。

山的深处，那片明艳的秋水泛滥。

金黄的田野，果实颤动、心颤动，唯余灵魂的光波在夕阳的余辉里拉长。

山峰、影子和丝茅草像端庄的爱情，冷静而肃穆。

于是，岩石的表象，一些幻象滋生，一些超现实的语言漫天飞舞，思绪无节制疯长。天空和大地变换了颜色。

我们蜗居在城市的角落，看红尘滚滚，灯红酒绿，而我们的耳朵却伸进乡村的泥土，聆听大山亿万年前的声音。

这是发自生命本源的声音：穿透时空的隧道，穿透沧海桑田的悲鸣，穿透宇宙的亘古与灿烂。

我们顶着月光，越过那片山梁，把思念种进母亲的子宫，在山石和荒草的间隙，等待一个梦的轮回。

（选自《散文诗》2018 年第 8 期上半月刊）

神驹梦（二章）

包玉平（蒙古族）

马头琴

牧归。缰绳，拖住落日苍茫。
乳香，将草原黄昏熏香。
银碗里，酒香，弥漫在轻颤的马头琴弦上。

如果，将毡房的窄门洞开，哪一匹马抢先奋蹄奔出？
一万匹马的浪潮，会将
呼伦贝尔草原黄昏的宁谧，踏碎，淹没。

而那些马匹，踏过孤独，悲凉，寒冷的草原，踏过祖先的
额尔古纳河，大兴安岭山脉，汹涌，奔腾在
老阿爸沧桑的指尖上。

蒙古马

草原上的马嘶，撕破了帝国疆域百年沉寂。
飞鸟难于逾越的雪山，被不安的马蹄，踏平。
欲望的箭矢，出鞘，在弯腰的间隙，射中了欧亚版图的靶心。

如今，草原上，西拉木伦河，依然，悠悠流淌着一个英雄民族的豪气，与梦想。

草原人，从昔日的马背上，翻身

下马：

让一匹马，顺着两根多梦的琴弦，奔驰——带着篝火上的火苗，走出它

亘古的梦境。

而让另一匹马，

回到，孝庄园的马厩里，回到富饶，安逸的天堂草原——科尔沁，

不要惊扰那马鞍上，绽放的萨日朗，不要触碰

花儿的梦！——

更不要惊动，马镫上寂静的斑驳，要不——让所有的寂静，

回到铁锈里：绊住

不安的马蹄，让它静静地，静静地在西拉木伦河畔，弹奏一只草原鹰，盘旋高空已久的梦——

让草原的

寂静，锁住弓箭、长矛、贪欲、杀戮！

（选自《星星·散文诗》2018年第12期）

春天的美很多（外二章）

司　舜

春天的美有很多：云朵对应的花瓣；阳光对应的汗珠；笑脸对应的喜悦。

春天要做的事情很多：鸟的事情叫声一样多；蚂蚁的事情米粒一样多；树枝的事情风声一样多。

春天，是手忙脚乱的幸福；是丝毫不知疲倦的幸福。

身上有些酸痛，但很舒服。

你看：桃花要红成妹子一样妖娆的香腮；种子要蹦出来，跳跃着落在地上，那么乖巧可人。

那些刚刚磨去锈迹的犁铧，像雪白的乳房喂进土壤，有金色旺盛的火苗涌动，如果再推开一些土，那里面全部都是聚在一起的成吨的阳光。

麻雀露出白色的肚皮，叽叽喳喳相互论说着人间。

一缕风爬上白墙，它的画笔和颜料，在阳光的映衬之下，想把所有的美画出，这美，仅用肉眼是不够的，还要用上更丰富的想象。

阳光滚烫的影子

阳光总是把不动的山当做老人照着，把流动的水当做孩童爱着。

阳光的影子总是那么滚烫，田间里所有的声音，接近于沸腾。这声音没有一刻停止喊出它的目的。

它的目的是要构成季节最需要的部分。

暗自吟唱的风，开始有了节奏，飞溅、漫流、忽高忽低，忽大忽小，约等于旋律与旋律的总和。

所有的生长归于确定，包括籽粒，包括笑声。农人炫目、摇曳的身姿更是越来越生动。

除了虫鸣、鸟啼，剩下的部分，没有多余的委婉，尽是丰富和厚实。

以前遥不可及的某个远景，比如天空，比如地平线，仿佛已近在咫尺，甚至可以触摸。

庄稼反复磨蹭身下的土地

一亩好地，万顷花开的繁盛，让天空自卑地更空。

沃土上尽是欣欣向荣不顾一切的爱，让我不能不热爱春分之后的田野，我想接一缕阳光到心里，这就好比一些你喜爱的东西，只要你想去接，一定都会系紧，像根系系紧这大地；

像翅膀系紧飞翔；像满身泥泞的人系紧汗水。

茂密是最迷人的诗，这些旺盛的生命也无时无刻不在爱着我们，它们叠加或展开，像婴儿，磨蹭我们，这是最幸福的滋味。

幸福还在延续，一次又一次，这些庄稼反复磨蹭身下的土地，它们遇见目光，便好似遇见了波浪；遇见阳光，好似遇见了亲娘。

这时，天空歪斜过来，它也在将炙热的阳光抱在怀里。

（选自 2019 年 2 月 11 日《湛江日报》）

鲁家村

吉小吉

时令已入冬少许。但小雨柔软、迷濛，小草葱茏，青竹苍翠。几只小鸟在村头唱歌迎宾。这些生机盎然的事物，留住我，也留住了春色。

九曲村道。

每一块青石板砖都满怀心事，湿漉漉的。

煎豆饼摊还在烟雨中。土布店还在。典当行还在。打铁铺还在……白墙、黑瓦和木门木窗也都还在！

有一丝丝风路过，送来桂花清香。

屋檐下的一面面广告招牌的旗子，在风里飘，在花香里飘。

风里、花香里，有唐宋的味道，有明清的味道，有民国的味道。

想把鲁家村，带回老家去。从桂林城带回云开大山里！连同把明月芦花带回去放在村头，水云居置于村东。桃花溪也一起带，让潺潺流水环绕过村西，从村北一直流到村南。

我爱鲁家村。

爱这里的小草、青竹，爱这里的小鸟、虫鸣，爱这里的小桥、流水，还有青石板砖和每一颗细小的砂土以及石头……

它们，都与我沾亲带故，都是我前世的亲人！

（选自《星星》2018 年第 6 期下旬刊）

野马群

亚　男

1

羊皮鼓发出的声响趴在花儿的曲调里，

赶赴草原。

雕花的窗贴着的鸳鸯早已在历史的回声中古老了。我从巴蜀而来，方言的露水在草尖上摇曳着。

过去的颠簸，铺上了坦荡。

缝合在历史伤口上的消息，洒落丝路。

盐和洋火，已经不稀缺了。

高音部分的路，虽然蜿蜒，但唐诗的意境足够我去抵御这凛冽的风。穿过我骨头的灯盏，陡然屹立。

野马群冲出重围。

惊呼，嚎叫，压低了天空。那么蓝，又那么深厚。苍穹之下，我的瞭望深沉而张弛有度。我胸口的奔腾，迅速高涨。

野马的嘶鸣，繁衍着历史。被泥石流打破沉默。花儿在古老的草原，飞翔。

河水凝固。当然野马的搏斗不仅仅在形式上，残骸收拢了语言的张狂。

野马是内敛的。夕阳浸染过的丛林散发着原始气息。只有野马群知道烽火的味道。

八方汇聚，深刻的石头披着喇嘛的肤色。坐在自叙的章节中，一个人在去草原的路上，也不会孤独。

寒冷清洗过的气候，一定掩埋了悲伤。

那些鸟儿已经足够高。一声声鸣叫，洗涤之后，天空的蓝，愈来愈沉静。

2

我来到草原，整整一个上午，古木抱紧天空，一场纷飞的雨赶来道喜。怦然心动的一个上午，我不得不肃然起敬。望着流水，似乎听到了雪的燃烧。

雪是野马群交给草原的。

雪使野马有了灵魂。

此刻，我写草原，在散文诗中，愈来愈奔放和豪迈。棕色的马，黑色的马，白色的马，汇聚着豪迈。我从上午排列的气候里，多想一次风餐露宿，将我的星星揽在怀里。

陡峭，甚至张狂，如酒的烈性，一点就燃。

草原在粗犷中透着温柔，暗合了羊皮鼓低音部分。即便是灌木，荒野，都是那么人性。懂得烟火。

是的，草原摒弃了诗歌中的断裂和浮躁。在散文诗的绵延中找到了美的诠释。

连贯，浇筑。是一个时代与另一个时代的分水岭。

在草原相遇了野马群，锋芒里蕴含着波澜壮阔。磅礴的语境，林立。

我在草原放牧着我的灵魂。羊皮鼓和花儿的声腔是多么的融洽。

（选自《青岛文学》2018年第11期）

黄昏（外三章）

亚　楠

夕阳用一只手褪去喧嚣。这时，热烈进入低谷，水在自己的领地独自逍遥。哦，鸽子刚刚归巢，森林中，我来得正是时候。

西天的云朵缓慢上升，在天山南麓，梦呈现幻影。雪峰依旧鲜亮，孤独。而风是甜蜜的。就像一枚果实——那些回忆也是灿烂的。

我知道，库车的黄昏就这样来临了。红霞悄无声息，渐渐地，覆盖了整个山谷。走在辽阔的静穆中，敛起羽翼，心绪渐趋淡定……这时候，只有你飘然若仙。

啊，大地是忧伤的！你们看吧，夜幕已经把爱情湮没。

在雨中

忽然袭来的一场雨，在沉醉中唤醒记忆。夜之眼聚集秘密，大地被推向辽远。而风忽高忽低，用看不见的手把夜幕拉开。

一种撕裂的疼痛，仿佛卵石击打堤岸，在幽深的冥想中坠落。这时，我穿越黑暗，用头狼的目光索巡，用孤独抵御孤独。

这是谁的声音？听啊，夜雨漫过记忆，在如泣如诉的苍凉中，目睹一朵花凋零。而空阔拉长梦幻，我就是我自己的影子。

雨幕中，那些老榆树正收回思绪。我想，在这个雨夜，它们都释放了自己。

江南雪

忽然到来的雪，似乎也有它的秘密。北高峰依旧雄峙在那里，仿佛一座巨大的灯塔把西湖照亮。而这时，残荷依稀可辨。曾经的繁花过去了，在时间长河里，没有人能够躲避死亡。所以，这场雪来得缓慢，抒情。你看吧，寒风吹彻，潮湿的空气中，唯红梅数点，在寂静的黄昏簇拥辽阔——这是生命演绎的梦幻啊，若内心的闪电，明亮而惊怵，拥有悲悯的力量。

但它并不改变什么。因为，江南雪以微弱的潜能抗拒喧嚣，也以此完成万物的生长……当我遭遇这样的雪，就会感到，杭州敦厚的根脉宛若时光，它所拥有的养料来自历史，来自文化，来自神话和传说，而那些丰沛的雨水，就是它的疆域和眠床。

旅 人

他一直朝前走。翻过五道山梁，一条雪水河静悄悄，透着阴冷的杀气。他在河边停下来，坐在一棵老榆树下，狠命地喝两口烈酒。这时候，太阳已经升起，红光透过树叶直射头顶——他的脸上忽然有了笑容。

黄彪马已跟随他多年。每次进山，这匹马都表现卓越。也不知道过了多久，他整了整鞍鞯，迅速跨马朝河对岸奔去。前方依旧崇岭叠嶂，在松林里穿行，只有风在耳边呼呼掠过。许久没这么惬意了，他在想：你瞧啊，多清新的空气！

可是，谁也不知道他究竟要去哪里。人们只依稀记得，他是大山的儿子。有人说，他是一个顶级猎手，也有人窃窃地说，他只是寻常旅人。

（选自《绿风》诗刊 2018 年第 5 期）

乡村在母亲的梦里呈现（外一章）

吕　煊

有故乡的人，一定有一个别样的清明。

那些在故园里走动的老人，曾经跟我一样年轻，我的记忆是那样的鲜明。村口的铁匠铺再也不出产火星和吆喝，曾经四处飞溅的铁花，也在尘土中安静下来。

每次回到农村，我总无法避免看到他们步入残年的背影！他们对我卑谦地微笑，总会问我，你是谁家的娃？你回来做客啦！

我的眼前都是他们曾经健步如飞的躯体，有些老人的肩膀还曾经扛过我无知的童年，岁月真的是流水，比起那些过早步入尘土的人们，他们的内心是否还有生存者的喜悦？

雨一直无声地下着，母亲目送我离开家门，不知道下一个归期是否还有这样的景象？

城市里充满了艰辛，我们在缓慢的时光里渐渐习惯这种温柔的羁绊，我们的时间总是不够开支，总是不断省略回家的探望。

母亲和许多老人一样，不再年轻，她们的时间富余得全是静心的等待。

等待日出，等待黑夜，等待我们再一次敲开家门，等我们再一次离开家门。

诗意乡村在复活

任何感情也无法取代，我与乡村的交集；

任何变故也无法淡忘，我与乡村的记忆；

乡村，是故乡这部词典里生动的词汇，她一直像门前的群山，若隐若现，也曾经向往也曾经期盼，山后面的精彩世界。山，是先抑后扬的乐器，磨难是弹奏之后的大开大合，多年后我才参透这个字的真意。

乡村，是故乡风景线里最迷人的景色。正直、朴素是她的秉性，山里人的血液里流淌着这些元素。物欲横流的市井里，她像标签，有些自在也有些淡淡的忧伤。

乡村，一直是游子行囊里温暖的期盼。少年离家，也曾期待有那么一天，荣归故里。为了不离不弃的等待，乡村，她像母亲，等待那些同我一样背着故乡离家的乡人。

乡村，我诗意中存在的乡村，牛羊成群的乡村，水稻、清渠畅通的田野，曾经何时她梦魇般的消失了。那些年的清明，是我最不愿意踏上的回乡之旅。那些年里，我学会像那些已将梦想定格的亲人致敬。他或她，不幸在乡村的经济变革中丢失了，有些是车祸，更多的是癌症。

我现在握着乡村的手，大声地告诉他们，“五水共治”，你们向往的乡村又回来了，那些曾经被水草堵塞的河道，现在又通了，上面漂浮的垃圾已被绿水取代，河里的溪鱼又开始成群结队；那些冒黑烟、偷排污水的黑心企业主，都已经受到处罚；那一度雾霾重重的天空，已重现蔚蓝。

诗意的乡村，她复活了。像童话里的小镇。远离悲伤和哀痛。

（选自2018年6月3日《金华日报》）

枇杷熟了淡甜多汁的日子（外一章）

任俊国

故乡有很多枇杷树。于葱茏的初夏，总是想念淡甜多汁的枇杷和淡甜多汁的日子。

一直以为枇杷是山野的果子，在城里吃到的枇杷，一定走了很远很远的路。枇杷不耐贮藏，得新鲜时吃。

初夏的日子也是新鲜的。

带着这样淡甜而新鲜的心情到公园散步，枇杷这一次增添了我对初夏的质感。湖水岸边有一棵高大的枇杷树，枝头上挂满了黄色的枇杷，像蜜蜡宝石一样光亮、脂润，细腻。

枇杷原来也在城里生长呀。他乡遇故知，我站在枇杷树下久久不愿离去，彼此默立，仿佛有很多话要说，又都没有说出口。

但彼此都听见了。

有熟透了的枇杷掉下来，落在我的面前。我一怔，我知道枇杷把朴素饱满的心里话都打开给我看了。

枇杷熟了淡甜多汁的日子，熟了我对远方的思念。

万物都在含辛茹苦

天越来越潮湿了，阳光也含着水分。

公园的小小池塘像是在魔都的水泥丛林中挖掘出的一口井，给天光云影留出秘道，给城市的蛙们留出一个可以歌唱的舞台。我想起赵师秀的《约客》：黄梅时节家家雨，青草池塘处处蛙。有约不来过夜半，闲敲棋子落灯花。

雨时不时下起来，蛙声也应和兴奋着，而我所约者谁?

此时桃红已逝，鹅柳早青。雨闲敲着桃叶，溅出一群小水滴，溅出一抹绿意来。于桃叶小小的闪动中，我看见了棋子大小的桃，有一层浅浅的绒毛，仿佛一层浅浅的雨雾。于江南，人们把尚在襁褓中的婴儿叫着小毛头。这些桃的小毛头尚在桃叶的襁褓中。

天地垂爱，这雨便是乳汁了。

柳是知道的，每一个桃子都曾是一朵桃花，而每一朵桃花并不一定能结出桃子来。有桃胶正从桃干上流出来。桃胶在治愈桃树伤口的同时，对人还有保健功能。

万物都在含辛茹苦，都有慈悲心怀。

（选自2018年6月29日《浦发报》）

一场虚构或者虚无的雪（二章）

向天笑

一场大雪就像一场大病

一场大雪，就像一场大病突如其来，这陡然的变故，让你欲哭无泪，满身流动着蚂蚁啃骨头的痛恨。

那些舍不得践踏的白雪，被远行者踩得一塌糊涂，你一挥手，便化作一片虚无。

不带走一朵雪花、一枚落叶，只带走自己的躯体，精心守护的花园，以前一直只对一个人开放。

不料，被一场蓄谋已久的大雪袭击，你一挥手，就告别一地的鸡毛，春天来了，你何愁不恢复花团锦簇。

在雪光面前

雪光无灾，吸取这一夜全部的黑暗。

你微弱的光亮，可以照彻我的心扉，像轻微的喘息，让我怦然心动。

在雪光的面前，我满身都是污点，不敢前行也不愿后退，静静地守候在你的身边，不挪半步。

任你一层层地加厚，直到成为最痛的距离，直到整个大地面目全白。

（选自《中国诗人》2018年第2期）

秋天才是阳光最疼爱的孩子

安　琪

它最大限度遗传了太阳爸爸金黄的面孔，每一片树叶都光灿灿，亮晃晃。

我爱北方秋天植物奔腾如动物。这回光返照的日子，在即将脱离母体的瞬刻使劲地美、夺人眼球地美、惊心动魄地美，我不会为它们哭泣。

亲爱的树们，我也要像你们一样热辣辣地生长，成为太阳爸爸选中的孩子，有足够辉煌的人生。

（2018 年 9 月 24 日《今晚报》）

杂碎章

刘　川

夜半

灯下查钱的境界，是无上境界。

耳边来钟的境界，也是。

佛家所谓的：无二无别。

遗憾的是，灯下无钱可查，耳边钟声渐凉。

于是下床，煮一碗方便面。

就着一盏台灯，把人生杂感当调料包，慢慢撕开。

工程

佛问：谁能造塔？

文殊师利起立，摘草，插于空地，答：建塔已毕。

这是极简主义，或者豆腐渣工程。

我不管，反正经常用这种方法，并且真的在一棵插在沙地上的小狗尾巴草之下，得到庇护、栖息和安宁。

云

你看那云，太缺心眼，经过银行也不停。

你看那云，来了又去，去了复来，无心就是得道。

你看那云，就是僧，天就是某某寺。

你就看那云吧。抬头看看天，就是拜佛，看久了，就是出家人了。

滋 味

有滋味的人，有不同的活法：

治世，翻开《金瓶梅》下酒。

乱世，照着《水浒传》买刀。

此刻，我女儿，照着同桌的作业抄，我还看不出她的前途，只是觉得她或许会活得有滋味。

我帮她扇着扇子，让她的抄袭行为，更有获得感和成就感。

秋风来处

秋风来处，天地廓然。似乎有朋友要来。

其实来的是，一个收电费的，他满脸青春痘，背着破旧的帆布大兜子——估计是他家祖传。

欠债还钱而已。

我家的电费，要平均分摊在我家的书上，每读一本书，应该是三度电。

我自称：夜猫子书生也。

秋风来处，天地森然。此时，朋友不来。

房间里仅存一二蚊子，已如改朝时之前代遗民，翩然作白鹤状，孤单、清寒、坚持，它们之不肯屈服，令我敬重。

遂转身离开，暗自废去了多年神功：拍蚊十八掌。

（选自《西部》2018 年第 5 期）

我能否听见一条鱼在呼喊（外一章）

刘向民

水应该是清澈的，流动的。

鱼畅游着。

单薄的身姿怡然自得，穿过透明的水。

我不愿正视现实。我也无法正视现实。

水始终在横流。浑浊着，泛着白色的泡沫。

鱼呢？是活在混沌里，还是远遁他乡？

怎样才能涉过河流（平静的水面下，可能是湍急和暗流）？

以命吗？还是听命？泛起的波涛是那么轻微。

我能否听得见一条鱼的呼喊？

月光下，坚硬的冰雪像骨头在闪烁

一些冰雪，一直坚硬。

月光下的风漫无边际，吹过雪，嚯嚯打磨着尘世。

浸入冰雪的月光，已无法抽身，只能潜伏在严冬的深处。

等待蟋蟀的低吟，草叶卷曲。只想让一朵又一朵花鲜艳，尘世的表情更加清爽。

伸出手，只是想让细节更加清晰，触摸之后，冰冷依然朴素，让那些骨头静静地闪烁。

（选自《时代文学》2018 年第 6 期）

跋涉在历史深处（外一章）

刘　奇

走进博物馆空旷的大厅，环境静谧，气氛肃穆，神态顿时庄重，心生虔诚。

讲解员发声轻柔、悦耳，脚步轻移、讲解杆轻点图物，间或有参观者的脚步声飒飒，我亦步亦趋，开始一场艰难的时空穿越——

金杯蚀色，铜器青锈，石羊昂首，陶罐斑驳，凤首元青花扁壶残缺无语。

大沙盘，古洞穴，旧址图，古墓葬；玻璃柜中的器皿，土墩墓穴的棺椁，复原的半身乌孙人像，面孔有些陌生，

石锛、石铲、石刀、石锄、石镰、石锥，显示着先民们劳作时的艰辛，把我拉入了一万两千年前的旧石器时代；

陶罐、陶釜、陶钵、陶壶，陶盘，素纹、彩色，尖底、平底、圆底，网纹、三角纹、菱格纹、平行线，不同的造型、花色、纹路、质地，伊犁古代草原文化的多样，记载着草原原始农牧业的发端；

鎏金铜马，青铜武士佣，人羊高足铜盘，奴拉赛铜矿遗址，阿尕尔生青铜器，告诉我青铜时代伊犁人的开采、冶炼，一直延续到早期铁器时代；

……

仿佛能听到历史的马蹄奔突踢踏，云烟飞动处感觉恍若隔世。

注视，留足，倾听，笔记，像小学生般拙劣地提问，竭力刷新已显老旧的记忆……

跋涉在历史的深处，继而徜徉。

草原黄金路

劳顿车马，山重水隔，两千余里，金微山的沙金是怎样从遥远的阿勒泰草原来到伊犁，变成金器？

那镶嵌金器的血色晶莹红宝石、红玛瑙又是来自哪处矿底？

莫不就是的额尔齐斯河上游可可托海矿脉的延伸？但又是谁人将沙金铸造成锭，打造成器，献给傲慢的伊犁突厥可汗，至今在彪炳中华古代工匠的精湛技艺。

就这样，在20世纪90年代，一个偶然的机遇：农场挖土修路，在新疆一个边缘的地方——昭苏高原，展现考古奇迹：

挖掘机的大铲掀开了波马古墓的神秘——金罐、金杯、金片、面具，金戒指、金剑鞘、金带饰；锦、绫、绮、绢这些华美、高贵的宫廷织物，居然出现在西陲疆域的土墩墓地。

虎豹手柄，镶嵌面具，缀金织物，卷草纹锦，华贵无价的珍宝，一个个美轮美奂，巧夺天工、流光溢彩。让我至今不敢相信自己的眼睛——那该耗费怎样的智慧、技艺、脑力？

穿黄沙白雪，涉高山大漠，从阿勒泰到伊犁河谷，马队人骑来往奔波多少朝代，踏出了千古的草原丝绸之路——我们的黄金路。

无边无际的草原丝绸之路，在广阔的中亚腹地，连通欧亚，交流中西……

（选自2018年3月29日《伊犁晚报》）

东坡赤壁

刘素珍

四月，风在风中，雨在风中，春光像往年一样明媚。

从黄石到黄州，一小时的车程即到，并没有游人如织，这恰切合了文人墨客骨子里的清寂。整个景区绿植深邃，绿意悠悠。竹子高处的绿色与低处的草色在风中，轻轻摇晃。而空旷处，风摇着风。

绕着东坡先生高大而洁白的身体，仰望，爱慕之情由然而生。

一代天骄，立在此地，像立在一个时间的渡口．你一定望到了一条河的尽头，望到了天空上南归的燕鸟。

树叶飘飞，黄的，绿的，像春天的蝴蝶，朝你飞来。仿佛只有此地才是一个纯静之所。

你的灵魂隐藏在这些纷飞的翅膀背后，专注的姿势，儒雅英发。淡泊宁静的外表，早已忘记了一生的荣辱宠惊。

你在此泛舟作赋，酹江邀月，面对长江，面对长天，你凝神伫立，长髯飘逸，那悄然留下的，莫非是神仙的足迹？

在经历世事沧桑之后，迎来一种不可抗拒的虚无之美。

怀揣远方的人，你身体内一定潜伏着一条更隐秘的滔滔大河。

岁月飘远，一缕香魂独拥苍茫。

微闭双目，一缕缕不断吹过来的风在颂吟你不朽的心声，我愿做你唯一的信徒，抱紧你的呼吸，亲近你的气息。

命运有悲欢，岁月添白发，用一秒钟的时间，到你的灵魂深处去练达，以不变应万变，这或许是人生的一个秘密法则。每听一次昂扬的潮声，听一次历史的私语，眼前就涌出一片辽阔。

守住辽远，告别虚妄之光，你站在高处，过尽尘嚣之后的千帆。

江涛再一次涌起，浪花摇晃，云朵摇晃，我摇晃，张开隐秘的翅膀我想入非非。

我要做一片云，我要我漂浮的身躯，比云还轻还巧，在风中尽显柔韧和恬静。看见自己在天空飞，越来越知道，什么叫虚度，什么叫虚无。

云飘无声，我的心倚着绿，依着风，在人间来来去去，心事在独白中消失，独白消失在独白中。

（选自《散文诗世界》2018 年第 6 期）

大地诗（节选）

刘晓平

1

宁静的雪原，一直铺向远方的天际，是岁月的诗笺，是心灵的沉思，也是春来的预兆。……。

当它消融成流水，沿小溪快步远方的启程，春的灵性便复苏了，在土里冒芽，在花枝吐蕾。这时，山那边响起春雷，沉稳地深重地滚滚而来，在心灵的原野响起回声：远村，我们来了！

也许你会稍有迟钝，但立刻你便会醒悟。呵！这便是大地酝酿已久的第一声歌唱……

2

满脸春光的村姑，撩开窗帘望了望，急匆匆躲过屋檐的雨滴，穿过风雨的长廊，越过历史的闺门，站在莺飞草长的季节里，幻化成一位乡村诗人。她用姹紫嫣红的美丽，修饰动人的诗句，用少女绵绵春梦的场景，替换成她诗的意境。

然而，她的诗，妈妈不懂，奶奶更不懂，只有一个梦中人，却在世界的另一端读懂了。

他偷偷地乐，也编织了一个梦，让这一端的她，就像喝多了咖啡总不能入睡……心灵与心灵间，描画着一个共同梦境 .

3

纷杂而至的不只是记忆，还有夏天多雨的日子，及空气中迷漫着潮湿的味道。多了些雨，多了些躁动，上街的路上，乡村的田埂上，形形色色的雨伞，便撑出朵朵莲花的样子。

一日日闷热的田野，四面已响起蛙声，仔细听，好多的声音，似乎是先年的回声。

这时节，原野里多了些眺望的身影，道路上多了些追寻的眼睛，那都是心灵的探寻与热望……

4

雷阵雨一波接一波，热浪却一浪高一浪。花柳饱受折磨，都成了残花败柳，红薯却躲在土里唱一首励志的歌。命运不只是春风得意，有时也需要炽情似火；岁月少不得春夏秋冬，人生免不了有起有落！

蛙声，忘生死忧愁于度外，日日唱，夜夜歌。只等冬眠的时刻，只等丰收的秋歌……

5

大地走过了花开、蛙鸣、蝶舞、蝉吟、雪飞的季节，原野便沉静下来，唯有林中小屋的看山老人，在雪的原野中伫立成一尊思考的哲人——他想了一生，终于明白：

小孩子盼过年，一年岁月太长；
大人们盼种田，一年日子太短……
森林和原野是寓言与童话的故乡
自己为什么总拉不直心中的问号
再锋利的刀子也怕最柔软的心地
日月是一把刀，挂在大地的上空
悬在你我的床头……
岁月好岁月好，岁月催人老

（选自2018年6月8日《湖南日报》）

雁门关·断想（三章）

刘慧娟

雁

经历战火的雁，心比大漠还荒凉。

仰头，是浸透烽火的悬念，附身是遍地冷兵器洞穿的绝盼。

雁的鸣叫，辽阔而伤感，凄厉声声打湿雁门关内外的层层叹息，心跳紧贴落日的余晖。始终让真情如泉般清澈。

从青砖石缝中探出的野菊，棵棵长满了家国情结，它们用不同的表情审视着铠甲和战火，聆听或冷或温的军令，区分忠奸辨别善恶，与战火一起经历梦想与陨落，穿越和等候。

杀伐听命于正义，一场接着一场的刺杀，使历史长路尘土飞扬。

雁只好盘旋于雁门关上空，感叹一双翅膀，安抚不了天下安危。

雁开始悲鸣，怒号，呼唤。翅膀烧焦了，声音嘶哑了，一腔热血在安居乐业的向往中哀鸿遍地。

战车列阵，芳草萋萋，沉积着两千多年风霜血泪的雁门关，在雁鸣声中不得不沉默于时空，沉寂在硝烟走远征战已渺的平静。

经历战火洗礼和人心昼夜转的雁啊，如今在哪里？

恨，在哪里？爱，在哪里？

昭 君

昭君穿过雁门关之前，最后一次回头，望了一眼长安，而后，独自走进苍茫。

身后万马齐喑，泪眼相望。前面，心中丘壑重重，琵琶是忧国忧民的唯一证据。

一个王朝的心事，沉甸甸地系上了她的发丝。

历史不由得打了一个冷颤，雁门关内外，从此飘荡着她芬芳的香气。

她的美，照亮了万物，也照亮了前尘往事。一颗忧国忧民的心，将王朝与民间的所有传说，都打磨得冰清玉洁。

雁门关内，汉王朝的心在疼痛，在颤抖，中原低语，云儿流泪。

雁门关外，胡笳伴羌笛，每一片草叶的心情都烨烨生辉，山川有了动听的光芒。大漠尽头，她将相思寄托明月，交出一生的葱茏，换回关内外一段平安的路。

如今，鸿雁飞去又回，她却没有归来。

她走过的路，长满情思和苜蓿。叹息处，水草肥美，彩蝶双飞。

雁门关，如果将你的每一块青砖都抚摸一遍，每一个缝隙都望眼欲穿，是否能觅到她的芳踪？

杨家将

雁门关抱紧悠长的梦，静静矗立于历史高处。

历史总在动人的地方栽上花，在错愕的地方种上柳。

盘旋于高空的惊诧和敬仰，此时，正跟随“杨”字帅旗回旋，天空没有云彩，

那夜很冷，远处的灯光，一盏接一盏地熄灭，连最后一只萤火虫，也隐匿得无踪无影。路，霎时消失殆尽。

一弯冷月的光，成为不断砸下的冰冷石头，砸向雁门关战场上慷慨悲歌的杨家。

黑夜重重，怀疑及欺诈将杨家将切成了宋的孤岛。杨家的每个人，只好用血，擦去一个个黑点，用生命点亮夜色，用忠魂解释疑问。

先是杨家的好男儿，继而是杨门女将，越过忠君思想的奋勇拼杀，越过黑天鹅的翅膀，直取天下人的心。

杨家的名字，是雁门关不断升高的基石，它站成了九塞尊崇第

一关。

梦的长河里，依旧是旌旗猎猎波涛翻卷，依旧听见忠魂的哒哒马蹄。

雁门关，纵然遍地是伤感的故事，“杨”字令旗仍然在群山中高高飘扬。

看，雁门关明月楼前的杨家将列阵，就明白，天下，已心照不宣。

（选自《星星》2018 年第 10 期）

童年是一朵含苞的花

刘赞科

童年遥远。在不可及的河的对岸。梦呓的嘴边。

山坡的那簇野艾草，泛着青色，兀自开着小白花。

单薄的童年，是爷爷、我和羊三个人。单薄的世界。

咩咩的叫声，是我童年唯一的歌谣，替代了笑声。

似乎永远缄默不语的爷爷，眼窝深陷，如断崖上的两个石洞，视线固定。

爷爷的一生是庄稼的一生，属于土地。大片大片的土地倒在爷爷脚下，接受曾经拥有的抚慰。

土地遥远。在不可及的梦的对岸。河流的嘴边。

大片大片的麦子堆在场院上，孩子们钻进去搭建楼房。搭建青翠的麦香的家园。

麦子走了，空旷的土地上，风肆意张扬。只有脚底下的野菜，泛着青色，兀自开着小白花。

花儿遥远。在不可及的命的对岸。灵魂的嘴边。

花儿兀自开着，眼望着远方……

忘却是一道伤痕，一个游荡的幽灵，兀自飞舞在黑暗中。

打探对岸的童年，如打探一朵含苞不放的花。

我的童年和羊走过的地方，麦子走了的地方，爷爷走了的地方，便是百年后我葬身的地方。

（选自《大沽河》2018 年第 3 期）

因为你与我相同

那　女

那一天，你带来荷塘月色。

我瘦硬的生活开始冰解雪融，波色粼粼。于是，你成了我壮阔的江山。

夏天已是容盛颜丰，次第开放的花已没有秘密可言。然而，再鲜艳终究也会寡淡，这样说，是不是能够修补一点信誓旦旦的罅隙？

时间很短，短得像一声叹息；

天空很蓝，蓝得却很孤单。

我是你的琴键，这戛然而止的尾音可有深深的内涵么？

骗过自己千锤百炼的很多次了，波心仍迤迤逦逦地生长藤蔓，向最枯黄的地方攀延。

生动的影像都被撕成碎片，散在风中，一瓣一瓣。我捡不回来了，只有你唱的《千纸鹤》化为绕指之柔。

我痛，你懂。因为你与我相同。

（选自《诗歌风赏》2018年第4卷）

剪纸的尼泊尔女孩（外一章）

许文舟

刀走眉宇，晨风添补清晰的下颌线。刀不能在某个地方磨磨蹭蹭，实与虚、瘦或肥，全凭一把剪刀祖传的经验。

当她剪下鸟羽，我真担心尼泊尔首都的鹧鸪还能不能催春。锋芒是她让一朵花鲜艳的利器，游刃有余的双手，剪去了漏雨的屋顶，小店的赊欠，那桩似是而非的初恋……

她在杜巴广场的一角，用剪刀给游客留下背影。剪去渐渐增加的白发，驼背与用剩的咒语。她剪去千丝，却怎么也剪不掉心生的愁肠百结。她的每一幅剪纸都有一条填着鸭子的小河。持银针的乌云，总是找不到这片土地贫穷的穴位。

闲下来，她悄悄剪了一个花窗，让喜鹊落上私密的户籍。再把想象的男友剪出干净的额，簇新的笑脸。她当然不能剪掉结石发炎的胆管，父亲的宿债，与母亲的胃病。

她手里的剪刀，据说也是祖传，祖母曾持它，剪掉一个乡村女孩不该有的杂念。那是一把很特别的剪子，谁对着加德满都一剪，都会剪出生活的大相径庭。

喜马拉雅山麓的村庄

每一条褶皱，都埋伏溪水，密植不知今夕何夕的石头。奉旨的美人，依次下嫁，和一朵格桑花渐次迟暮。那里有优秀的男人，以英姿慑伏群魔，然后给灾情剃度。

村庄就挂在最陡的方向，佛皱眉头，树不便出声。村中的老人，含泪把咒语送给苦难，给春天献上祷辞。均分干净的溪水，给每一株粮食。道路贴着山腹瘦得像藤。

恪守祖传的节令收种，想法让麦子站稳脚跟。用一些节日把自己放倒，有些人倒下，就不用搀扶。仿佛我离去多年的父亲，找到了一个适合歇息的坡度。

我的目的地是加德满都，随时有可能因为弯腰劳作的人变得心不在焉。我一定要遇遇村庄里出走的人，他们心疼禾苗的眼神。这里没有诱拐少女的悲剧发生，春风，每年都将桃花逗得兴奋。

我走过村庄的时候，酒正出甄。醉得不省人事的喜马拉雅，水流失禁，花朵冲动。

（选自《星星·散文诗》2018 年第 10 期）

带它们回家（外一章）

许泽夫

那些把果实高高举过头顶的：稻菽、麦子、玉米、高粱、向日葵。

它们是母亲的长子，最懂母亲的心事，最解母亲的忧愁。

而山芋、花生，是母亲平时宠惯的幺子，狡黠地玩着小伎俩，藏着私房钱，被母亲手中的锄或犁一一看破和点破，母亲一视同仁。

不慎丢失的，一颗颗，一粒粒，母亲执着地扒开土坷垃寻找，一颗也不能少，一粒也不能少。

她撩起粗布衣襟的下摆，一颗颗，一粒粒，带它们回家。

母亲催我回家

行走不便的母亲催我回家。在城里的小区住了十年的母亲，四世同堂的母亲，从来认为那个群山环抱的小村才是她的家。

听母亲话，我回家。

杂草覆盖了儿时放牛的小路，滋养山村的千年老井被挖掘机残忍地一剑封喉，早已没有学生娃的村小学挂着拆迁指挥部的牌子。

老屋还在，风烛残年，站在村头，风吹雨打，它不愿倒下，如行将仙逝的老人咽不下最后一口气，等待它最疼爱最挂念的亲人赶回来，见上最后一面。

我伫立在屋前，与它默默对话，隔着半个世纪的距离。

我刚要抬起脚离开，老屋轰然倒下，一块青砖从废墟中跳出，击打我的脚面，哦，它在惩罚一个不听话的顽童。

我跪在地上，捡起这块砖头，如捡起一根先人的骨头。

（选自《散文诗》2018 年第 6 期）

温度（外一章）

花　盛

在高原，住久了，冷在暖里，暖在冷中。

像生命里的一段情感，爱恨难分，在茫茫无际的雪域，纤尘不染。

河流哈达般飘荡在风中，以昼夜不息的奔跑唤醒沉睡的生灵万物。

那些遥远的大山，影影绰绰，却与你我紧紧相连，以坚守告诉你我永恒的信念。

草木，牛羊一样，在风雨中欣荣，也在时光里枯衰。

她们，在高原的怀抱里，以坚韧诠释胸襟的宽广与博大。

晨曦里的桑烟，牧歌般柔美、悠远，直抵灵魂深处。

像绵延的爱，洒满雪域大地——

油菜花开了，一片片金黄；青稞熟了，光芒四射——

但这是短暂的，来不及一次倾诉和回眸。

冷漠，像雪花一样，在高原漫长的冬天里，掩埋了所有的念想。

或许，温暖是一种稀缺而珍贵的花。

但却在内心清晰而真切，苏鲁花一样坚韧，一样芬芳，一样蔓延——

——直到被爱融化。

翻越后山坡

它站在高处，穿越云层，离天更近。

风吹过，云未散。它的下面，无数山峰若隐若现。

翻越后山坡三千米的海拔，我相信，一定有一缕炊烟在它脚下缓缓萦绕。

多年了，我的脚步始终奔波在回家的路上。

后山坡蜿蜒曲折的道路，像我们走过的日子，渐渐风化。

而我们，如一片片叶子，随风飘去，淹没在时间的波浪里。

每一次翻越，我都心怀虔诚；每一次眺望，我都悲喜交加。

我一直相信，那白色的云层就是大地，穿过云层的大山，就是亲人孤零零的坟头——

冰凉如雪，被时光擦得铮亮。

（选自《诗潮》2018 年第 9 期）

严霜、矶鹬和故乡（外一章）

苍　耳

什么样的故乡浮现于迷蒙的时空深处？它是瓷青的，湿润的，黯淡的，并缓慢没入地平线以下。当严霜把矶鹬、栗色绶带鸟和白鹳携带出皖南之时，我伫立于荒芜、萧索的村野，俯看河滩被掏沙者挖得千疮百孔，遗舟陷在淤泥里，一条野犬幽灵般地奔窜而过。

逃离是一种沙子，背离则必成沙漠。

还乡是简单的，便捷的。但那仅是个老地址而已。

蓝尾乌鹊飞过来了，飞过松林、旷原和我的头顶，落在严霜覆盖的七十年代。“桤树上的叶子刚刚落去，露出了四处都有的冬青。”青阳便是那深藏的冬青树。祖母埋于斯，母亲埋于斯，亡兄亦埋于斯。乔木乡！谁在砍伐乔木！谁又在乔木下播撒玉米？！银汉在上，四季的风像大地的手指梳过你们。草青草黄，花开花落。青南河从亡灵的梦中缓缓流过。哦，死乡即生乡。

当大群乌鸫在松林里剥啄最后的松果，玉米秆枯立，竹笋在地底拱动，山岗上倏地浮起回忆般的雾气。哦，到不了的地方是远方，回不了的故乡是原乡——清冽，朴真、本初。原乡即心乡，抑或梦乡。

“自从你离开后，这里的事物就更冷。”

水中的铁

我感到了水中的铁。

我必须重新理解一只失去尾鳍的鱼，或者一只发不出超短波的蝙蝠。我的自由泳一点不自由。它不像蛙泳，也不似蝶泳。我挣扎于水中，无所依存，远不及戴着锁链跳舞。我习惯于模仿，为何不找寻自然中的模仿对象？那么“自由”对应于自然中的哪种动物？鹰击长空？鱼翔浅底？似又不似，它在万物中又超出万物，仿佛河流奔流，空气空明。它似神灵，却呼吸于肺；它似虚无，却转动于舌。我笨拙地划出自由泳的招式，如同企鹅上岸蹒跚走路那样难堪、滑稽。我的致命弱点在于我没有比别人多长个鱼腮。不会换气的结果使我将头昂出水面，脖子僵硬，宛若河马露出它的巨吻。这种可笑的动作每持续一分钟，我的自由就下沉一寸，尽管我双臂如轮，有着堂·吉诃德式的蛮勇与执着。

我爬上岸来，忽然感到了空气中的铁。

（选自《蓝色鸟诗刊》2018 年第 4 期）

孤独的天空（二章）

苏启平

孤 月

云是一条白色的鱼，蓝空汇聚成思念的海洋。

一段久远的时光，超越人类历史的长度。远古天空的九个太阳，只与白天有关。

月亮只有一个，无论在神话还是教科书里。她的脚修长，走进诗词歌赋，走进人类的文明。

有一天，我突发奇想。思考月亮的性别。

她是女的，哪个才可以成为她的情人。他是男的，哪个才可以做他的恋人。

整个天空，有谁比月亮更加孤独。星星可以拥抱星星，白云可以拥抱彩虹。

月亮只有一个，在天空，在我们的头顶。

月亮何时占有了一位哲学家全部的孤独。

流 星

长长的尾巴，是迷茫的思绪，点亮了夜。

大地用什么样的魅力，使你放弃天空。你的孤独无所不在，心或许就是那块燃烧不尽的陨石。

把自己支离破碎，你的呼吸是夜的吟唱，赞美抑或惆怅。

雨向往河流的波澜不惊，你憧憬怎样的世界。

降临的片刻，大地泛起青春年华的涟漪。冲动，只为了夜空瞬间的璀璨。

或许，你知道人类是一群平淡无奇的生物。你的勇气与痛苦是一种快乐的启迪。

宇宙可以重生，在你从天空跃下的节点。

（选自《山东文学》2018 年第 3 期下半月刊）

桃花源记

苏建平

陶潜啊，桃花源，它在纸上？还是他方？

——题记

Part1——晋太元中，武陵人捕鱼为业。缘溪行，忘路之远近。

我像一尾鱼，从高度不断增加的层层叠叠的城市，游向那高度近乎不变和几乎永恒的深山。

一条无名的河，以及一条河边无名的路，一直指引着我。

我一路奔，到山脚时，弃车而行。

秘密始终藏在这样的地方：看起来没有路的地方，路沿着植物们的生长不断延伸，塞满了四面八方。

未必是小径。未必是幽径。四面八方全是路。

那近似于禅宗中的偈语：喝！

Part2——忽逢桃花林，夹岸数百步，中无杂树，芳草鲜美，落英缤纷，渔人甚异之。

我惊讶于眼前所有的事物：横陈在这个足迹不至的地方，生死不惊地呼吸、饱满、转化，各自分离又相互交融，并将自己寄存在他物之中。

偈语闪电一般：喝！

我看到坚硬的岩石在走向细碎的沙子，沙子在走向变动不居的流水，水在走向丰盈多姿的植物，植物在走向纯粹又混沌的颜色，颜色在走向近似于过剩的时间。而时间走向这所有有所待的一切。

然而它们仍然不是终点。

Part3——复前行，欲穷其林。林尽水源，便得一山，山有小口，仿佛若有光。

我的道路在前方。那是说，我的脚要向前迈。

那是另一座山。山上是树木葱郁的林子，那也是另一片无名的树林。林子叠着山，山又将一片林子长出和托起。就像一个简单的音符两次奏起，在演奏中拥有共同的和声。

但山必有穷时。

偈语闪电一般：喝！

我尚未割断与外界的一丝联系：手机。当我停下脚步，掏出手机并掀开它，我看到屏幕上那呼叫时的闪光，有形，有色，有声，并且有律。它像密码一样在暗处追踪。

Part15——未果，寻病终，后遂无问津者。

我越过山，进入了另外的城市，穿过城市，又进入了另外的山。山和城市交替出现。它们似乎无穷无尽。

我丝毫没有结束的打算。

偈语闪电一般：喝！

它又像炸雷一样轰响。你看，以有涯搏无涯，以有穷量无穷。我的数学糟糕得一塌糊涂。

然而那也不重要了。就像以前写作一样，我在走向蒙面之地的路上，一次次地头顶星空，生火，做饭，取暖。

（选自《散文诗世界》2018 年第 3 期）

阳坡上的冬窝子（外一章）

杜　娟

一盏马灯如果能赋予牧场火焰，吉利村外向阳的山坡就会兑现诺言。

冬窝子有过失语的冬天，为冷风承担起了全部的责任。

泥巴灶台里桦木燃烧，火焰像一个个问号，拷问一口陈旧的铁锅。连着锅台的土炕被青烟追赶，自语："被封锁的那些路历尽风霜，我要在新的火星里，实现心愿。"

牛粪裹着的篱笆墙，煽动了高原蓝色的欲望，一盏马灯挂在白杨柱子上，它用憔悴的目光在长夜里记录沉积的恩怨。

麻雀留了下来，与空洞的环境，连同牛羊结伴而行，西面的雪山颜色对着天空，做了它们向往已久的王。

拉毛草姑娘半夜穿起皮袄下炕，挤了牛奶，打了酥油，给风霜缀了一块大补丁，披在自己身上。

冬窝子举起简单的头颅，靠在向阳的山坡上，吹响一支磁性的曲子，为冬天演奏。

转玛尼

伸出右手，用声音的内部去读经文，经卷置于经筒里，经筒心怀佛祖，用旋转，用节奏暗暗表白。

谁能记住语言的长度，能听出众多朝圣者瞬间的嘘叹，一卷经是一盏千年的灯，能否在光芒中放下病痛，放下阴影，放下一场疲倦的交锋和悲喜。

诵经声穿过一个夜晚，想证实伟大和渺小，近处的佛看到了一个理由，回眸一笑。假如有力量摆脱宿命的鞭子，那就开口说话吧，说出血脉的顽强，说出格桑坚持的愿望。

经筒围着寺院直立，整齐得像一排时间，重复的旋律每天在说话。

它们不讲现在，它们讲内心。

（选自《散文诗作家报》2018年第15期）

沉思抑或沉默（二章）

李 皓

历史之眼

——记漳湖镇回民村渡江战役纪念馆以及一架仿制战炮

以一种存在或呈现，证明：无论淡忘了，还是不知晓，纪念馆内都珍藏着史实。

历史，总会有人不知道，或者淡忘。所以历史的实物，需要展览，甚至仿制。

重大历史事件，是靠许许多多珍贵细节支撑的。而珍贵细节，往往是由千千万万默默无闻的普通人完成的。渡江战役也如此。

和平年代与战乱年代，相隔的，岂止是纪念馆的那扇大门？一件件可以看见的史料和普通纪念物，正以发旧的样子在历史里珍藏着，不那么显眼，又直刺人眼。而在纪念馆的外面，是风，是依旧滔滔奔流的长江。

长江。天堑。时间的大潮奔涌惊涛和洪流。支前的回民老船工何在？六十九年前的渡江战役突击队何在？

一架仿制的战炮，高昂的炮口，很圆。圆得像一截历史的句号。它以又一种存在或呈现，警示：历史的眼睛难以仿制，但必须睁着。

歌声，或不能直接说出的秘密

——听歌曲《离别草原》

倾听。深陷。光影，以及光影下的琴音与歌声，倾诉了多少欲说还休的秘密。

有一些秘密，喜欢隐藏进粘稠的血液。而另外一些，总需要借助某种方式倾泻。

心有千千结？辽阔和悠远的惆怅，唤起的，是对真善美的向往吗？

高一声低一声。因倾听而旋转？有一股股水流回旋在隐秘的心池。有一股股惆怅的气味，在袅袅扩散和弥漫。

无涯又无限。凌空蹈虚。歌的变奏，有某种不确定性，也有某种无边性。

伸手抓不住的美，最接近美的本质？美到蚀骨的东西，总是让人迷醉。一首歌，让人听醉了，它就不仅仅只是一首歌。

只需感受，无需诠释。将回味留给空白，让心灵继续湿润，并形成新的循环。

有马头琴声飘荡，无休无止……

（选自《星星·散文诗》2018年第10期）

复活（外一章）

李见心

秋天的仪式就要完成，树木脱光了自己，又拔高了天空。

天冷了，人们不再需要树叶煽动的风遮挡阳光的阴影。

你说，只有秋天的心，才美得令人发愁。当你提起秋心时，秋天就落下来碎了。如此奢华的倾心，只为购买一次死亡。

我看到了十字架一样的树枝，树叶像天堂的图书馆在着火。我顺手从树枝中取下信仰的骨头，从落叶中取下文字的灵魂。用在下一季的忍耐，为了迎接迟到的你，我积攒了比冰雪更厚重的黑暗。

到那时，我会把生日捻成指尖的春天，把清晨的光线当成跳绳，在有你的心跳里跳上三跳。

生命就是致命的一跃，或者什么都不是。

我和虚无之间隔着一朵夏焰般的你，尽管你也是一场最小的虚无，却成为我最大的固体，我要死死地抱着你，紧到让死亡松手。

独角兽

小兽，无辜一样纯洁的小兽，昨晚我突然想起你，也许今天是立冬的缘故，我想起你皮毛里的光，羽翎里的色，唤醒前世般温暖的记忆。我在想象中回忆着你，又在回忆中想象着你，这就证明我的现实依旧很陡，像你前额上的角，钉在嘹亮的耻辱里。

当初，上帝选中了我们当炼狱，犹如我们选中了词语当天堂。你在如风的动词里现身，掀起白色的火焰，你头上射出的箭，伤害了我，像上帝伤害了人类的心，一个声音伤害了众多的声音。从此你的疼痛里牵着我的喊叫，我的心碎里扯着你的灵魂。

然而我的小兽，除了纯洁，你不渴望别的事物，除了高贵，你学不会高傲。

你最终投靠到我的怀抱，告诉了我一个词语的秘密——把文字当成爱人怀抱在心，你就会写出神话和永生。

只有你的独角，才能解我孤独的毒，于是我怀着人类的心趁机割掉了你的角。

小兽，小兽，比无知还纯洁的小兽，我看见你比血还白地倒下，在你惊讶的伤口中照见了我从未谋面的形像……

（选自《星星·散文诗》2018 年第 11 期）

饮一杯草原夜色（外一章）

李亚强

当银色的月光倾泻下来的时候，我没有来得及遮挡，那深入人心的力量，如此让人感伤。

蓝色的夜空适时展示着鬼魅、迷人、变幻的星空，而那些美丽的词语，瞬间变得干枯，如同已经干涸的河流，如同已经干瘪的乳房，还如同，一瓶马奶酒见底的绝望。

而作为具体的存在，蒙古包从来都不曾聚集，是凌晨的星辰，稀疏、暗淡，而又张弛有度，点缀在茫茫草原上。

月色并不在意，此刻草原上是否站着一个不真实的我，蒙古包投在大地上的影子，却在悄悄生根发芽。

今夜，请允许我，不理会世界，不理会自己，只留下眩晕的目光，打量摇摇晃晃的草原。

只饮一杯草原夜色，醉卧在草原深处。

草原岩画

萨满舞起长袖，穹庐自上而下，水草行走在猎牧的路上，勒勒车收起悠闲的辙印。一场风吹过的时候，牛羊屏住了呼吸，牧人举起了手中的长鞭。

一块石头，拿出了隐秘的笔，把草原上平常的一刻，镌刻在接近阳光的一面。

那支虚无的笔，用最简单的手法，刻画出一部跨越万年的草原文明史。走进一幅岩画，需要带上狂野的风，带上酣畅的雨，带上凛冽的阳光，带上纯净而又虔诚的心。

因为每一首歌，都有着不同的刻痕，每一只牲畜，都带着草原的雨露。

在一幅草原岩画面前，我无法扬起深藏于心的鞭，只能把自己交给那些深深浅浅的裂痕，在岁月深处暴晒。

（选自《包头晚报》2018 年 12 月 3 日）

泥土（外一章）

李　成

泥土，比比皆是的泥土！

一抔泥土更是微不足道，甚至可以将它像灰尘一样吹去。

可是你把一小抔尘土集拢起来，置入碗盏、陶钵乃至一只小玻璃瓶，

再将一颗种子撒入其中，它就会萌发一根绿茎，牵延出一根绿藤，爆发出一丛丛绿叶，绽放一朵朵花——甚至会结出一串果实……

还有——你不见：在那高高的悬崖峭壁，在那一块块大石板上，哪怕有一丝裂隙里面洒落一星泥土，也会长出一株绿树——枝叶婆娑，甚至高大威猛，经过漫长的岁月还是郁郁葱葱、蓬蓬勃勃，

这时你还会轻视一小抔、一星星泥土么？

看！我家的窗户上正悬吊着一只瓷钵，那里面也不过才有几小铲泥土，但从一蓬葳蕤中、片片长叶正向下倾泻着一匹绿色的巨瀑……

纪念：普罗米修斯

不，你没有死！

你存在于每一束火里！——火在，你就在！

无论是雷电击中的树木——森林

燃烧的熊熊大火，

还是那一支火柴擦出的一小朵火苗——

你在里面欢喜得直跳，

眼里闪动着的不知道是光芒还是泪花！

不，你没有死！

你甚至存在于每一根木头、每一块石头、每一粒煤炭、每一滴石油里……

你存在在这些里面时，是以静默的方式，并努力把被老鹰啄裂胸膛的疼痛忘记，把一条大河滔滔流过你的嘴唇边却喝不到一滴水的如焚的干渴忘记——

只把最初的心愿往深层沉积！

——你在，火就在！

（选自《散文诗》2018 年第 11 期）

六步溪（外一章）

李克强

逃，在秋的风雨中。

让喧嚣与尾气喘息片刻。

脚步最轻，难免吵醒原始次森林的宁静。

云海深处，隐现着六步溪的连绵。

山谷，上承蓝天白云，下衔鸟鸣虫叫。

一条清溪，坦诚见底的心事。

独特的美丽与神奇，留住众多生灵，守住白鹿饮水的足迹。

梯田，从远古走来，历经秦汉。刀耕火种，延续着一代又一代生命。

弓弩，早已向大山的众神缴械。

刀锯，在仁慈的目光里生锈。

民风，淳朴古典。

富有的负氧离子，三碗米酒，一曲山歌，在吊脚楼里敞亮，悠扬成传统……

繁杂的情绪，在久违的情景里开始领悟。心性的真谛，无关城市，无关现代。

所有的躁动，终与六步溪的山水浑然一体，有了地气。

领峰山

云雾缭绕，不见苍崖，不见断涧。

绝壁飞泉，伴十八弯山道，引一路惊奇。

细雨，让天空放低身价。让你高耸的朴素直入云端，让世俗的界域沉入虚无。

古刹，神树，以及一脚踏三县的标志，和我一起。随遍野的自然茶香，在无人识得真面目的叹息里，甘于寂寞。

纯净，无求。心灵于此回归。

山谷幽深，和这大山执拗的子民一起，固守最后的神奇，无视一路坎坷。

寒风呼啸，满目翠绿回荡着你昔日的乳名：冷峰尖，冷峰尖……

（选自《散文诗》2018 年第 4 期下半月刊）

目光所及（二章）

李俊功

对一朵菊花赋予想象

你说着霜冷的时候，一朵朵花就开了
一只蜜蜂暂时还没有收缩翅膀
一封来信上的泪水湿润，所有的文字都萌芽了
你数数这朵菊花，一共有九十八朵金瓣
你数数自己的心情，一共有九十八朵象征
用菊花的动词赋诗
用菊花的形容词打坐
用菊花的医院，收养受寒的人，冰冷的人，发炎的人
最实际的，就是在你面前摆满金黄的菊花阵
给你解说如何在扬尘的秋天解脱
不让眼睛麻木
另外的
免得天气太冷，你的视野，没有冒着热气的茶
没有开着好心情的花

菊花岛

只有用大海，用海水描述一座岛。——与之日夜对话、充实时间的空虚。

有多少僵硬的岁月不会像海水一样融化

有多少尘封的内心不会被海水洗洁？！

在这里倾听大海沉静，安抚心跳。

据说，一粒土上就有一座寺庙，一株花上就有三千大千世界，相信，你的内心，居住着一尊佛陀。

菊花岛，是清醒的修行者：日光光临，海水洗去了所有喧嚣和灰尘。

它适宜漫步、沉思、瞭望、反省
它适宜放下架子，沉湎哲学
更适宜走出自我，铺路架桥。

在岛上听海、听月、听花朵乍开，听分分秒秒的岁月老去，谁的内心储蓄着整个大海般的柔软词
世界纷呈，我心独静。

一座岛，犹如菊花的盛开？——等着所有祈祷和忏悔之身
等着芳香的爱情。

我们在岛上慰藉孤独。
一切如画，如无边无际的想象。

（选自2018年12月29日《湛江科技报》）

李耕散文诗选

李　耕

晚秋一梦

梦之门的锁，在太阳下锈得难以启开。

梦暴雨从自己的屋檐开始，梦蚂蚁搬迁从自己的梦角边开始，梦月光下的蛇爬而弯曲且曲出一篇散文文字。

未梦见曙光。

曙光，压在梦的底下……

题 梅

雪，太冷。

梅，开在太冷的雪中并非是梅自己选错了季节。

没有梅的燃烧，

雪的山野太寒太苦太寂寞……

夜 旅

沆瀣夜雾。雾墙厚重，只觉脚下有路之外，一切皆沉湎于雾的沆茫幽暗，已不明归宿的方向了。

沆漭于漂泊，又何以漂泊。

干脆闭目于雾的沆沆瀣瀣的围堵，

暂且寂静于梦……

暮晚背影

荷锄牧归的背影，比太阳疲倦，比风沉重。

夕阳下的风，远离山野时，除沙尘落叶，什么也不曾留下。

风，蜷入鸟巢休息了。

背影的梦，醒得比太阳早……

（选自《大沽河》2018 年第 2 期）

荒野（二章）

李　凌

午后

秋日的午后，是我喜欢的时光，
暖暖的阳光，万物都在乘机补钙。
这时候，一只蝴蝶拍打着翅羽，
就像一本刚刚翻开的书页，微风一吹，
就合上，风过，又开。

而躺在草地上，我并不想做一个悲观主义者，
我把自己融入这些小草间，
让思维停滞片刻。我不希望天空能掉馅饼，也不担心会突降灾祸，
更不用忧郁身下会突然多出一个陷坑。

接下来，我倒希望来一场覆盖大地的雪，
因为，大面积铺展的雪比盛开的花朵更深含浪漫元素。

秋风

一夜秋风，密密麻麻的苇草，全都白了头，
天空似乎也一下子苍老了许多。
此刻，白鹭飞旋，那些站立风中的树，就像患了肺结核的病人，咳嗽一声，就有一些叶片像尘埃一样应声而落。

再咳嗽一声，树的魂魄就散去一些。

而我双手撑地，一上一下的俯卧撑中，
双臂的骨节也在一声一声脆响，
没响一声，心就会抖一下。

而走过草地的人们，脚印深深浅浅，白露为霜。
岸边的垂钓者将一双手在河水中使劲地搓，妄图洗净岁月的瘢痕。
我知道，这并不是钓鱼者的忏悔，
而是徘徊在十字路口的人，正在以这种方式，
为情感找到一个出口。

（选自《伊犁河》2018 年第 2 期）

来世做你的妖

李　萍

1

今生就这样吧！

十万亿粒文字写下的爱，棉花一样的洁白陷入云端陶醉一束白。诗意锻造的每一次相见，成排比句，成上百部的长篇，让风宏大记忆。

河伯在警告我的轻狂，我嬉笑着回应，不要阻止想做一个妖的誓言。

我的誓言就是我存在的真理，来生就做一个妖，一个专属你的妖。

我要做一个魅惑你的妖，你一眼就无法拨开我发梢滴答的灿烂。我很霸道，让你只要一闭眼，就会排笔出十万里的桃林，朵朵桃花都是我的脸。我会夸张地提着春的裙裾，赤脚奔跑，让所有的仰慕与艳羡成我额头的吻痕，直到你醒来也清晰可见。

2

我要坐在灵魂的村口，狠狠地喝完你送的马汤。喝了那些比鸡汤还新鲜的马汤后，我会让你手写的汉字唇齿留香。

让我们国色生香的停留、驻足，给我隐居的小院，以及小院里的细细草也打上爱的烙印，超越人世间所有的温暖。

我是贪婪的，我还要穿越。我会在烈烈风中，在战马上读书，甚至以青铜剑写下大漠风光，写下马儿的耳鬓厮磨，还会为马儿眼中的那米阳光，都镀上你的英俊，还有你金子样的勇敢。

我还会用妖术团出一个你，让每一粒尘埃都有你的气息。我用的不是一般的泥，那枚泥中有你抒写的宏篇史书的精髓。

然后，我会捏着来世的“哥俩好”，再拭点妖气来粘合古生物化石散发的香艳时光。我们在时光里牵手，拥抱。奔跑，漫步。

3

虚拟还原真实，想象力形单影只。

我目睹歌者喉咙嘶哑，揪下心房的一片落叶，制成书签，盛放在岁月的书间

无论做多么失败的妖，我也要抢夺那枚书签，精心策划几番，然后一口妖气，就把爱的书签稳稳地别在你的心间，甚至你的骨血和灵魂深处。永恒简单，简单永恒。

妖不需要专心，但是我是一个专一的妖，盯着别致的动感在露珠的字里行间，以蝶舞蜂闹反击心的沉静。

我含笑不语。我有先知，爱会静止在万物之上。

所以，任何的暗示，都是多余的。

所以，任何仇恨的羡慕，也是多余的。

我的爱，像一张白纸，揉皱了没关系，铺开了依旧能为你写出心动的情诗。

4

我要用妖言把触摸到的风花雪月，流落在民间成传奇。流落在星光下，流落在草尖上，供情侣们凭吊。

流落会开花，用山水的温情装裱在言辞灼灼的情歌里传唱生生世世。

因为我是一个妖，我会让心的硬伤开出花，与霜花并蒂清欢。

因为我是女妖，我会用极致完美小结前世今生来生的伤。

我不怕抖露给所有人：前世我是个妖，今生依旧是妖，来生还是那个妖。

不要嗔怪我，我就是这样一个妖，一个妖女，开着挖掘机温热人世间的惊讶和不解的妖。

（选自《诗潮》2018 年 10 月号）

再一次照见了春天的倒影

杨孟军

临水而居。我的爱人，那些在冬日里流逝的雨水正在聚拢，那些在秋霜中消瘦的草木正在丰腴。雷声隐隐，闪电像一把幸福的剪刀，裁剪出满枝颤动的桃红和漫天舒展的云朵。

流水，再一次照见了春天的倒影。

我的爱人，我们沉默太久，那艘古旧的木船折断了龙骨与桨叶，褐色的苔藓早已爬满河边的卵石。在沉寂的夜里，我要和你一同醒来，打着呵欠，满心欢喜地坐在镜子里，仿佛初次相见，长久地注视着对方。长久地，直到天空长出水一样的翅膀。

天空长出了水一样的翅膀。你不要讶异，就像那把安静的木梯，它回到春天里，回到园子里，看见蝴蝶兰和蓝宝石一样的星光。我们拂去窗台和衣衫上的尘土，清风穿过我们的身体，携着熟悉的那种锋利。像穿过两张干净的纸片，并未曾惊扰镜中的流水，和流水中的发丝。亲爱的，你要继续温柔地呼唤，呼唤下一颗羞涩的花蕾蹦上我们的肩头。

哪一颗花蕾会是我们领养的另一个女儿？我和你一同爱上了那些潮湿而温暖的灯火。我的爱人，我要牵你的手，赤着脚、踩着绸缎一样清凉的月光，走出院门，走过渐次复苏的原野，循着野花从远方捎来的低语，一直走到春水之湄，把一滴水的体温，汇入一片永远蔚蓝的期待。

流水，再一次照见了春天的倒影。

我们的爱，是两片重叠的海域，时而沉静时而激荡，在下一个春天来临之前，一直未曾停歇。

（选自《散文诗》2018年7月下半月刊）

乡谣（外一章）

杨柏榕

野草长满田埂，耕地快要抛荒，为什么不见人来播种插秧？瓦屋变成楼房，外墙的瓷砖闪闪发光，为什么却一年年空空荡荡？

孩子们都到哪儿去了？曾经的打谷场，是他们欢聚的天堂；井边的大树，依稀记着他们的模样。

青年人都哪儿去了？膨胀胸肌的小伙，两颊绯红的姑娘。为何不再来小河边，踏碎月光互诉衷肠？

老人在墙根打着盹，风吹院门叮叮铛铛。月亮和太阳轮换着，照耀这沉寂的村庄。鸟儿在林中低语，树枝在风中思量：人们都到哪儿去了？为什么要离开家乡？

是家乡的水不甜，是家乡的果不香？是夜莺的尖叫打扰睡眠，是清晨的霞光不够金黄？

风儿见多识广：不是家乡的水不甜，不是家乡的果不香，夜莺的歌喉依然温柔安详，村里的霞光远比城里明亮。

汽车拉着他们背井离乡。高大的厂房，阻挡了人们回望的目光；流水线的轰鸣，遮蔽了小溪的吟唱；浓浓的浊烟，使他们忘记了果香。家乡再明亮的朝阳，也照不到城里昏暗的棚房。

浓妆的村姑，在黑暗的街角游荡；强壮的小伙，成了瓦匠保镖流氓；孩子们不知道，还有快乐的打谷场，只能终日玩耍在工厂的垃圾旁。

城市一天天繁荣，乡村一天天荒凉。乡村在流血悲伤，城市在吮饮欢唱。不知道，谁让世界变成了这样？

狗儿不时向村头张望，盼望着主人，再带它撒欢地追兔撵羊；猫儿蹲在墙头日思夜想，等待着孩子们，为它舒服地抚摸挠痒。风儿多么想把家乡的果香，吹到城市游子的深巷，唤起他们回家的念想。朝霞每天都不忘，把故乡的路洒上金色的光芒。

（选自 2018 年 5 月 6 日《焦作日报》）

旧历年有感

鞭炮为你开路鸣喊。新衣为你乔装打扮。佳肴为你慷慨奉献。

向往熟悉的炊烟。眷恋香甜的笑脸。对旧日美好时光的怀念，哪怕是要跨越万水千山，也要在那个时间，回到灵魂深处的桃花源。

辞旧，是这样艰难，旧珍爱是无法带完。不知道旧物中哪一件，未来会变得千金不换。慌忙的挑拣，可能会造成终生抱憾。

迎新，是这样急盼。新的画卷，谁不想先看一眼？旧日的期盼，苦尽转甘。人生登攀，谁不想尽快变现？

留恋与割断，后望与前瞻，怎样才让我们心圆意满？

没有旧物的灰暗，新物怎显得灿烂？没有旧物的基垫，新物又何处置安！脚踏新旧交替的边界线，最怕心神无主、眼花缭乱。

旧的必须退还，新的必须出现。时光，一年又一年；道路，一段又一段。万物就是这样循环发展。

喝吧，端起散发谷物芳香的酒碗；吃吧，用上年的勤劳换来的佳馔；看吧，印有往日风雨的生动画卷；唱吧，抒发出人生的欢乐与辛酸。记下吧，生命中永不可复制的云霞雷电！

怀旧的眷念，向前的期盼，是每个人脚印的前后两端。旧年，我要把你牢记心间，说一声深情的再见。新年，无论你丑陋或是美艳，我都要平静无畏地走到你的面前！

（选自 2018 年 2 月 24 日《焦作日报》）

浅吟或者彩绘边塞高原

杨剑文

谁的梦，有边塞高原厚重？

在黄昏到来之前，那一匹黄色的大风再次奔袭而来……土长城打坐，在逆光中披一件黄色袈裟。残。破。

黄土中沉睡三千年的骨头醒来，泛着惨白的光芒，纵横着记忆的斑斓。远处，无定河细如麻绳，河床暗黄，河水深黄……它流淌在桃花染红的诗歌之中，它出现在血液浸透的史书之中……

信天游的腔调中蘸着黄沙……

有羊群逆着风走来，白的羊毛飞舞……看不到放羊的五哥，也看不到曾经厮杀在古战场上的将军，他们都有红色的脸庞，

点亮，边塞的深幽；映照，边塞的坚硬。

如果，长矛、长枪、长戟、长刀都站立成为玉米、高粱、荞麦、谷子……谁还会走失在梦中？

牛背上的紫衣牧童在村口拐过去的路上……点下一枚春天的着重号！折一截柳枝，吹皱季节的表情。

后面，紧跑着的小花狗，把吠叫声踩踏成一行稀疏的省略号……群山的绿皱纹里有一声一声清脆的回声。

由一棵老榆树的黑影子进入一片沙漠的腹地，沙漠之上，爬着一星半点的嫩绿草芽……天空的云朵中有喘息声传来，绿的味道！

狼烟，飞成鹰的孤独。寻找狼烟的黑，呛疼左边的记忆！

黑夜来袭，它有无比广阔的体魄，有人说那是苍鹰的疆域，有人说那是野心的城郭……

需要一声唳叫画出版图？需要一声唳叫点亮夜空？

此时，如果用古人的思想照明，北极星就会指引我们辨认出隐

藏起来的脚印……一座黄墙围拢的小庙，出现。

亮而红的香火供奉着一张黑脸庞。边塞的表情也是一张黑的面孔。没有胆怯。只有崇敬。

夜的疆域辽阔！黑的狼，拖着夜的尸体，奔跑！

红色的马奔跑出一条红色的河。红色的闪电！

边塞，这一片土地把记忆寄存，是否染上血液的热度？烫手，烫心……烫疼心之一隅的也一定是一条红色的闪电！

一坛酒，陈列着时间的红色尘埃，三十年过去，三百年过去，一瞬间倾倒出一束冰凉的闪电——醇香的绿色闪电。可以大醉十场，但是不能醉死一次。

一把火，告别战场，现在它在火炉中抒情。另一把火，投影在荒废的城堡之上痛哭——红色的泪。热。烫。

在风中可以嗅到：血、火、烈焰，在昔日的沙场之上，烹煮着炙烤着今日的俗世生活。琐碎是一粒一粒沙……咸！

红色的呐喊，带着边塞高原的体温。一串辣椒填满一双眼的奢妄。看一匹马，看一张脸，怎样烫熟心中的雄心壮志，没有谁会在出发的路上回头。没有人读懂的孤独，把记忆撤退到空白之地。

月亮下的身躯，闪着银的光芒！

无法把史册中的黑或灰涂成干净的白，就把鬓角的白把云中飘来的白把空中落下的白收集起来，收集起来与时光置换掉心中隐藏起来的黑？

河流静止下来，缝合此岸与彼岸的记忆，一定会有冰的白牢牢占据心头的时刻。空不是白？白是否空？

月亮抖落记忆高悬的白色尘埃，压下来……边塞高原需要一支笔，书写！描绘！

白纸黑字。白纸在哪？黑字落在何处？

纸钱是另一种白。

边塞，着一身白衣远去，像你不曾转身——在五彩缤纷的三千年之后，在空白的记忆深处，以另一种姿态呈现。

谁浅吟或者彩绘，边塞的模样……

（选自 2018 年 9 月 19 日《榆林日报》）

月

邱雨秋

她在天际凝望已久，一如母亲的微笑，一句朴实的话。

月光，真的如水吗？往事拼凑的枝节，有的顺流而下，有的逆水而上。善良的筏子无视青春，财富，爱情。一叶叶扁舟，从身边争渡。屈原，李白，曹操，阮小二，一起在商女的琴前落座。子期砍柴未归。

流水流啊，下游，谁在浣纱？

月色，是京都的吗？拘谨的折扇未曾打开，菊香就在荑手间传过花语；继续落魄的书生，信使，是什么勾当？

后院无人，小扉不开，墙头草长莺飞。

月影，你这莲动的裙裾，唐诗吟过，宋词唱过，元曲弹过，为什么，今夜，听不得半阙衣袂？

桥头，雪后，唯闻狗吠。车水马龙，何处阑珊？

大度的初月馈赠银两，灯光与良善，笔走龙蛇，澄亮，透明，柔若无骨。

上灯的僧睡去。我，和一只麻雀放弃对视，在枯荷的窗下，聆听一场冬雨的传道。

（选自《大沽河》2018 年第 4 期）

苏东坡走下紫金山（节选）

何敬君

1

公元 1084 年，北宋神宗朝元丰七年，盛夏七月的一天下午

金陵

太阳晃晃悠悠地悬在西天，迷离的光芒铺满长江，铺向紫金山西坡

2

江水东流，山坡西蜒……

溽气南来，暑风北去……

苏东坡骑一头毛驴，沿紫金山西麓的蜿蜒小道蹒跚而下

王安石拄杖倚在“半山堂”门口，怎么也看不清曾经澄净如练的长江的面目，只听到轰轰的漩涡声自天边而来

王安石微微叹了一口气

苏东坡的背影渐行渐远，渐模糊于夕辉和树丛之中

3

骑在瘦驴背上的苏东坡向西望去

他望见了黄州

他知道那片泥泞里长出了一个新的自己，从此既是苏轼又是苏东坡

苏东坡与苏轼，将交替或并肩行走于时世

王安石也恍惚望见了黄州及黄州以外的天空和旷野

他喃喃自语着：“不知更几百年，方有此等人物！”

4

苏东坡睁开眼，抖擞了一下身子，偏腿上驴，继续往前走去

西天的太阳更低了，他的影子更长了

苏东坡抬起头

他看到了不同于黄州的景色，感觉自己从浪里浮起，如溺水者再次张口呼吸

他会暗笑么？笑自己在浑浊的江湖里游宕却总想将须髯如戟的头颅抬伸于湖面之上么？

他在默念“再见黄州”么？

他想到了王安石此时所念所想么？

5

王安石一直在沉思，在自语

……苍濛之下，庐山不过一泥丸，我们已不识它的真面目，况波涛千倍于峰岭的宦海乎？况横侧不显而瞬息万变的人心乎？

……洞察世故练达如老夫亦难逃污泥，况一肚子不合时宜、率真如你？

……你走到了哪里？

他面壁如同注视夕阳下暑气蒸腾的大地，

黄州……汝州……黄州……如块垒充塞他的肺腑，片片悲哀在焦躁里浮泛

他似乎看见苏东坡在苦笑，苦笑如七九天里的丝缕南风，充不满胸腔，渗不出肌体……

（选自《江西散文诗》2018 年第 1 期）

烫心的词语

邹冬萍

悠悠鸟鸣，牵出一缕复古的禅意。金龟子打坐在无边的美色里，岿然不动。红蜻蜓翩跹而来，优雅地向它倾诉心中的爱慕。红纱娘与绿纱娘也不甘落后，反复将一阕又一阕的“织织词”拷贝成当晚的月色。

蝴蝶打开了秋天的册页，在汉字的偏旁里寻找属于自己的一撇一捺。草木葱茏，在排闼而至的意象里临水而照。总有一些前世的心跳倒影在今生的波光里，总有一瓣幸福的马兰花嵌入掌心的纹路中，长成自己的姓氏。

蓝天倒悬，为的是将大片的草原揣进怀里。草原无意挣扎，只是将缤纷肆意蔓延。幸福总是无关界限，从遥远的江南一路打马而来。塞北自有塞北的妙处，将无垠的戈壁种植上行吟的红柳与胡杨。

白云慵懒地舒展无边的裙裾，飞鸟的翅膀是解码的密钥。每一根羽毛都是钥匙上的一个齿轮，须有阳光输入的验证码方能启动通往天国的大门。

一朵花牵着另一朵花的裙裾，从草原上站了起来。缤纷的眼睫毛撑开了天空的想象。忙碌的蜜蜂打开了通往甜蜜国度的正确思路，幸福的尾针营造出一个又一个甜蜜的事业。牛族趴在绚烂的草色里，反刍一个家族史的磅礴与没落，也反刍一个又一个时代的变迁。

相形之下，马类总是要不羁一些，洒脱一些。它们一边啃食草色，一边谈情说爱，一边旁征博引，为自己今天的幸福找到老祖先在冰川纪白垩纪预先埋下的伏笔。

在这美色构筑的无边浩渺中，我放任自己矮身下去，亲吻脚下的每一寸土地。微风吹来，我怀疑自己将会化身为蝶，拥有一双最为美丽的翅膀。我想我会挑最美的一朵马兰花儿，向你倾吐我炙热的爱情。我会用我一生的眷念，在浩瀚的汉语体系里寻找一个最贴切的词语，为你打造一顶绚烂的珠冠。我会截留最美的月色，为你一点一滴地锤炼出一枚纯银的婚戒。

如果，非要一句庄严的誓词，用来证明我对你的爱，我想请上天恩赐给我一个光年的时限，让我体验每天在你亲吻中醒来，又在你长长的眼睫摩挲下沉沉睡去的幸福模式里，提炼出一枚烫心的词语。

（选自《塞上诗刊》2018 年第 3 期）

盲人音乐家

邹岳汉

城市。交通繁忙的十字路口。

一头闪进宏大而又有些幽暗的地下通道，耳旁传过来一支颤悠悠的乐曲。

这旋律似乎是很熟悉，又似乎有些陌生，是一支让人感觉出几分清瘦，几分忧郁而略显沉重的二胡独奏曲。

求乞者！我不屑一顾，加快几步，匆匆地走了过去。

然而，那乐音凭借地道强大的共鸣紧紧地追赶了上来，勾留我的脚步。

立住。那悠悠动听的颤音，原本是从一只急骤抖动而又娴熟自如的手腕底下翩翩然飘飞出来的。

不。是从高峡平湖窄隘的泄洪孔喷泻出来的——时如铁石撞击铿锵而空濛的交响，时若游丝紧绷渺然欲断，淙淙瞿瞿，沁脾峻骨！

盲者！满嘴胡髭、衣衫破旧，已是年过半百的盲者，正襟危坐，持琴操弓，身子随乐曲的迂回缓急前俯后仰，完全沉浸在他自己所营造的音乐氛围里。

忘记了自己的困顿，不幸。

忘记了人世间的种种不平。

弓弦激烈。乐音跳荡。涟漪不已……

风清。月白。

——是么？不就是从江南某片竹林深处飘飞而出的——那阵阵

单纯、淳朴，清越悠远的琴声？

小木屋矮板凳瞽目少年瘦小的膝盖上搁着显得有些巨大的琴筒汗脸苍白漾过一丝难以觉察的笑意年轻母亲噙着星光的眸子小路上谁轻声地跟随着哼唱夜行者稍停的脚步哽噎住某个柔弱欲绝的音符露水洇湿了谁单薄冰凉的记忆……

——是么？

不就是在我故乡一带广为流传，妇孺皆知，且令人时常念想起的那一支甜润悦耳的二胡独奏曲！？

（不过，其中掺杂了太多漂泊的沧桑和城市的忧郁，竟然使我与这支曾经常年魂牵梦绕的乐曲，险些相逢不相识了呵！）

乐音倥偬流泻跳荡婉转回旋如诉……

谁人不是身寄浮世，命若柔弦？

于是，我转身走了过去，掏出口袋里仅有的一张小钞，躬身放进盲者膝前盛着一些零钱的簸箕里。

盲者毫不理会。旁若无人地自顾将他浑身洋溢的情感，注入他那腕底随意游走、抖动不已的弓弦，拉响那支美丽而忧伤的曲子。

（选自《山东文学》2018 年第 4 期下半月刊）

都市，“草根”素描（三章）

冷克明

蜘蛛人

起点永远在大厦的顶端，在离地数十米的高处。

但你不能像鹰，展翅飞向天空的蔚蓝；

也不能像鸽子，让鸽哨挂满房前的树枝。

你来自生活的低处，你的脚底沾满尘土。在钢筋水泥的丛林穿梭，从屋顶垂下的这根绳子，就是你的安身立命之处；是你漫长而艰险的旅途。这垂直的粗壮的绳子，牢牢坠着你一个个沉重的日子，也紧紧系着你卑微的愿望和梦想。

用汗水擦亮城市疲惫的笑容。

用目光照亮一墙之隔的温馨。

用粗大的手掌抹去生活之上的尘埃。

汗水一滴一滴跌入挂在胸前的水桶，那叮咚叮咚敲响的是否就是你不倦的生命之歌？

有风吹来，绳子晃荡了一下。你的心也晃荡了一下。你不由自主地抬头望向那迷茫的远方。你仿佛看见了云彩下那个清贫而温暖的家，看见那向你不停招手的袅袅炊烟。妻子期盼的目光将你的心重新系牢；女儿天真的笑声瞬间冲走了你心头的惊慌。

绳子垂天而下。此刻，这垂天而下的绳子幻化成一道彩虹，在你坚毅的目光里缓缓飞升……

快递员

快件！快件！快件！

快件一波一波涌来，快件之河川流不息。

快递车是你的船，你是船长也是水手。

你是不倦的弄潮儿。

快件像浪花，在你的手中一朵一朵盛开，被你送往千家万户，去滋润期盼的眼神和焦渴的心灵；去浇灌生活的花朵和绿叶。

日复一日，你的船驶向一个一个港口，而后又匆匆驶离一个一个码头。没有彼岸，也没有海鸟的歌唱。

但你始终如一。浪花千万朵，你能立刻分辨出每一朵的形状，叫出每一朵的名字。你的这双手无形中握着千千万万双手，握着生活急速跳动的脉搏。

时间之河滚滚向前。你以梦为帆，以青春为桨，一路驶来，卸下辛劳和忧虑，满载憧憬和期盼。

城市之上，夕阳正把云朵悄悄染红。

流浪歌手

在吉他的弦上拨响一个个无奈的日子，让歌声在地下通道里绽放。

阳光离你很远，风雨也离你很远。

那辉煌的舞台、璀灿的灯光、热烈的掌声只在梦里闪过。

你在歌声里播种春天、采撷快乐；在歌声里呼唤爱情、憧憬明天。

风吹过，掀动了你面前摊开的报纸和上面零散的纸币。你不禁打了一个寒噤。于是你更加用力地弹拨吉他；沙哑的歌声一遍一遍回荡着，似欲冲破通道的拱顶。

在这凉薄的人世，你唯有用歌声取暖。

你的手中，吉他的弦是这么短；

在你心里，吉他的弦却像人生的路一样漫长。

（选自 2018-07-10 微信公众号“闲庭诗语”）

大青盐（外一章）

宋长玥

湖泊分娩，吐出天空和盐。

其中一个给我自由，其中一个让生活新鲜。

所有的道路指向茶卡，所有的茶卡走向四方。

每一个浪子心尖上布满伤口，只有很少的人把茶卡安置在上面。更少的浪子在天边打尖，静坐油漆刚干的木椅，内心离故乡不足一尺。那时，生铁灯盏开满花朵，把大眼睛想死在炕上，把尕哥哥急死在路上。

他的前面：黄昏铺满荒野，一面湖泊，一座雪山，一个自己领着另一个自己敲开黑夜的殿堂。

茶卡

荒凉从大地下面长出来，沿着太阳的扶手爬向天空，此刻我独自一人，但不能诉说。

茶卡，青海的孩子，神开在人间的玫瑰，黑夜来临时孤身在东昆仑和西祁连之间提着月亮寻找前世的亲人。心尖上生盐，盐粒旁月光汪汪，我不会说出一百零五平方公里的苦难唯有你悄悄承受。

但是，它们洁白，粗砺，犹如爱和痛，棱角锋利并不惊心。这些渍蚀灵魂的东西带有时间的硬度和荒芜，却呈水的柔态予人以永恒之美。

（选自《大沽河》2018 年第 3 期）

紫藤王

宋显仁

它理所当然可以称王，这棵生长在苏州一中里的紫藤，这棵种植于宋代中期的紫藤，

这棵仍在攀援缠绕的千年紫藤，这棵仍春意盎然的紫藤，这棵仍花枝招展的紫藤，它的主干周长已近三米！

早已经历过无数风霜雨雪和雷鸣闪电，我的遒劲粗壮的紫藤王！那沧桑老藤生发出来的九枝主干，就像龙一样盘绕而上，仿佛就是蛟龙出水。

我的气势宏大的王啊，如果不曾有这个架子约束，如果您是匍伏在地，您铺展的枝蔓会蜿蜒而去，而且去得很远很远吗？

那么，铺天盖地的王啊，哪一段是元朝，哪一段是大明，哪一段是清国，哪一段又是民国呢？

我的古老的王啊，也许您才不去理会历史的波谲云诡。您想着的只是“密叶隐歌鸟，香风留美人”！

（选自《中外文艺》2018 年第 1 期）

酒：神秘的火焰，往心里烧（外一章）

宋晓杰

青稞，又称米大麦。你是活命的谷物，因而你也活得更久——3500年，你不动声色地静卧于草原的深处，自成一格。茸毛，柔软；锯齿，锋芒。这爱憎交织的朴素物种：你轻，扶着风；你重，携万众，动群星。世上的情感莫过于此。我要缩到你的胚乳里面，看个究竟……

如今，你变身为忘情水，绵延不绝；神秘的火焰，往心里烧……

——是因为那个神话，还是因为爱情？那个名叫阿初的王子，不仅从蛇王那里盗来了青稞种子，还盗来了土司女儿的心。凡事关涉情感就变得麻烦。不过，正是因为"麻烦"才爱上爱情：香喷喷的糌粑、醇香的青稞酒、天空的蓝、经书……同时爱上全部人生。

"我的家在东北松花江上，那里有森林煤矿，还有那满山遍野的大豆高粱……"你与我的北方不同。但今夜，我愿醉卧在青稞酒里，摇摇晃晃地停在高处，望到黎明的繁星。

每一种植物，自有它的命运——不管它如何细小，都无处藏身。我要以你为轴心，跟着草场、马队，随日月移动……

20年，草原绿了又黄；20年，花儿落了又开。此刻，我看见一位翩翩少年——是酒神巴克斯吗，他站在高高的山冈上，手握酒盏，如苍鹰。未说的话不必说，不可说。太阳的赞歌，将乘着风的翅膀，让百鸟八方传诵……

藏王宴酒，是王的酒，是酒的王。它还是一座山脉、一柄弯刀、一条獒……按照你愿望的样子——事物都有它凶猛的一面，而柔软的心肠是另一面。

酿酒吧！粮是青稞，水是圣泉。如一场轰轰烈烈的爱情，肥沃土壤，修整面容，洗净彼此的白骨……

洮砚：那灵魂漾开的无边疆域

洮河之滨是你的摇篮。你在喇嘛崖间打坐，在汤汤逝水中修身，你细腻、晶莹的纹路如加密的碟片，收藏风雨和岁月，打上记忆的徽章。于是，在月圆风清之夜，你在文人雅士的窗前展开书卷；在朗朗高堂之上，压住众生的惊恐。

白纸黑字，是活的信仰。说出它时，我压低嗓门，端庄而严谨，似有秋天的清凛之意，天边铁色的余晖，满天弥漫。

我来自“宋”的城邦，是否与你有某种渊源？苏轼说：“洗之砺，发金铁。琢而泓，坚密泽，郡洮岷，至中国。”好吧，我节俭泉水、汉字和日子，在你清醒的黑里，放飞鸽群、雁阵和一场又一场弥天大雪——余年，将是黑白分明的可贵人生。

（选自《珠海文学》2018 年第 1 期）

鸟鸣，在月光下集合

张　萌

其实对于鸟，并不陌生，但也不熟悉，我只叫得出几种鸟名，鹦鹉，燕子，乌鸦，火烈鸟，平时见到的也是燕子，它们灵巧如风，尾巴长长的，有时停着头却不停地左右窥探，身上总有一些白色的羽毛，待我看清，总是暗自窃喜，这喜从何而来，我也奇怪，但还是像晨间的鸟鸣把我从沉睡中唤醒一样，默默接受了，许是喜爱白？疑惑它的纯洁？

我这才明了，尘埃里，混杂太多，这小小的羽翼里却那么纯粹，一尘不染！

从夏夜中醒来的眼睛，与漫天的阳光对接，完成了沉默的对白，

如果鸟鸣渗进皮肤，甚至衣衫，那可怎么办？
写一首诗？
做一件鸣叫的长衫！
一切都好，都被我娓娓道来。

诗的第一行，翠鸟，鸣的方式蚂蚁跳舞。
高潮迭起时，一个女人和野兽。

温顺善良，他们治水，考察大禹的故乡，滔滔洪水淹没了咆哮的山庄，所有的动物倾巢。

结尾部分蝉鸣安详，薄如蝉翼的鸣锁进我的衣衫，我的生活是烈日下的乞讨?

哦，我只索要一枚情，一枚胳膊上的红痣。

风像叶子，不断变换着心跳，叶子们是风的声音，像一只只无声的鸟，我也是。

你呢，仿佛一只猫，伸出了一枚枚烈爪。我还记得十二岁的那只猫，离开母猫就来到我的家，那么的背井离乡，它会悲伤吗?姑且不谈感情，

我听见小小的鸣叫，一只猫，现在是成群的鸟，所有的声音都长大了，唯独那只猫，火车载来的颤动是祭祀的鱼，一条又一条。

（选自《散文诗》2018 年第 1 期）

鹰祭（外一章）

张九龄

鹰 祭

我从未见过鹰的死亡。

它会不会有着落日的悲壮？会不会有着易水别离时萧萧风寒留下的无限凄怆？

有人告诉我，临近死亡的鹰，它会飞向更高的绝壁，在一个无人能至的洞穴里，悄然与尘世告别。

这高贵而又骄傲的灵魂！这九天之神鸟，就算是死去，它也只会把自己的肉身奉献给孤独者的王陵，只有长天可见，只有太阳可见。

光芒何其耀眼，世人只能仰望。

但它一直在飞翔。梦中的大鸟，它的翅膀展开，依然铺天盖地，依然一如王者般在我的世界里翱游，锐利的眼神直视内心的黑暗和哀伤，力量在骨头里再次充盈，让自己有剔除一身尘埃的勇气。

一朵莲花重新浮出水面。

宗教般的虔诚，宗教般的热恋。

点亮一盏心灯，让它引导鹰的魂灵在我的头顶上盘旋，然后离去吧，回到太阳的宫殿里，再等来世，

重做我的王。

孤独的石头

在西藏，石头是孤独的。

海子说，一块孤独的石头坐满整个天空。那么，当时的他是不是坐于这块石头，在巨大的蓝色天幕下，遥望雪山，正如遥望着他不可知的未来？

如此孤独，怀揣在石头上写下的诗歌，他选择了残忍的离别。

石头的词语中，包含了多少悲伤和疼痛。

但石头依然固守，孤独地在荒无人烟的高处，立起银白的骨头。

它们内心紧闭，那么烈的风，又何曾吹开过它们沉重的心门。既不向天空打开一丝丝空隙，更不向泥土交出自己的眼泪。

阳光灼烈，它们把心脏努力地收缩，收缩成一座火炉，收缩成一把正在淬炼的铁。

所以就算有千年不化的冰川，还有那么大的雪，都只能被石头一寸寸融化。

石头是温暖的，它的温度，只有孤独的人才能够彼此相通，只有懂它的人，才能够彼此相握。

孤独者不再孤独，石头不再是石头。

孤独之火，在西藏的高天厚土之上，黑夜之中，恰似明灯。

（选自《星星·散文诗》2018 年第 8 期）

野芭蕉（外一章）

张　玫

在这向南又向南的热带雨林里，是谁的影子在轻轻地奔跑？云湿漉漉流淌，雨轻轻敲打如梦如幻的窗。哦！疲惫的情侣依偎在旅途。

转瞬即逝的桉树，是虔诚质朴的列兵，是沐风听雨的新娘；多么繁密的森林、无际的绿，早已吞没了眼睛、灵魂。

远方的人，走进了烟波浩渺的云山雾海。

谁浩荡的魂魄，悠然在这无边无际的原始森林里，谁掀起了南国狂热的风、海浪，强烈的爱欲？

是我无数的影子吗，是我一只又一只的眼睛、心灵、脚步，追寻的记忆吗？

有人在不经意地说出我的名字。

他们不知道，在这南方苍莽馥郁的深山里，我丰盈地生长；不知道，一段属于山的长情跋山涉水、历险江河。

影子孤独、贪恋人间烟火，出现在山村早市，伫立在霓虹灯暧昧的街道；不——我不喜欢这些来到人间的我，它们变成了触手可及的商品、金钱；堕落成了街道的景观、傀儡。

我的神经开始疼痛、抽搐！

那些伫立于山上的，磅礴浩荡、无拘无束的野芭蕉，正在风雨中高歌欢唱！

我走进丛林，满山遍野的丛林，我的故乡。

傣族村落

月光在女人白皙的腰间流动，竹子门咯吱地咬着牙齿，不惊动梦里的男人、孩子。

挥舞闪烁着寒光的刀锋，曼景罕的女人失去了矜持。洁白的乳汁汹涌滚动，缓缓地倾泻在月光里，指尖沁入的细腻流过芬芳，男人粗重的鼾声、起伏的呼吸，在耳畔鼓动。

橡胶树割破的身体发出呻吟的欢叫。露珠渗出绯红，晨曦卷起细细的雨水。

山下铁皮的屋子里烈光红焰。男人抡起锤子敲打白色的雪银。一条银色的腰带历经三个月的淬炼，束紧女人紧致的腰身，刚柔并济的一生。

脱去袈裟的活佛，转身赶着马车，装满沉重的彩礼，带上一片森林，远嫁他乡。

（选自《绿风》2018 年第 5 期）

故乡有雪

张绍金

因为雪，二月的黎明醒得特早，风和喜鹊的叫声覆盖雪野，锐利的爪子抓伤雪原。

喜鹊的歌唱舒展雪野脸色，湿润所有早起生灵的心事。

歌声描摹一座森林，松枝摇落冰挂，鸟翅掀翻雪白的风，掀翻冷面的日头。

小狗爱赶热闹，给雪的胸膛印上串串梅花，喜鹊攀枝给腊梅补个素妆。

阳光逐一与雪的表情握手，山野不动声色，任由雪改变自然的状态泥土的温度以及色彩的身高。

一群孩子吆喝、奔跑，踢飞专横阻拦的鸟鸣，以全部的心思侵占雪野的宁静，泼洒出一幅写意山水！

绒绒的雪球掷成手雷，四处炸成春花、笑声或是喘息声。

那雪窝隆起秘密，隆起喜悦，世界再也抹不去痕迹。

孩童时，雪坡就是一副滑梯，渴了搬一块岩冰，饿了舔几根松毛糖。

然后，脚缠草绳，拄一根长棍，出征。追随大人猎守，满山林都是快乐。

趁雪儿撑住夜色赶回家，母亲边责骂边烘烤湿鞋湿袜的交响曲催入梦乡。

那年月，瑞雪饱满不了日子，饱满的只是滑雪少年心头堆积的汗香。

饥荒中不期盼美味，比吃着美味更爽口的是一碗粗茶淡饭。

童年的冰雪是温暖的，快乐成雪人，滑冰、滚雪球……

时光斑驳得不成样子。斑驳了雪窝里狡猾的脚迹，斑驳了眼前松枝上雪花燃红的羽毛。

不经意间，斑驳的时光斑驳了徐徐而来的绿风。

最最可怕的，是一些类似披着洁白外衣却内藏浑浊的水分，抑或思想，四处泄露。

乌亮的鸟巢在白色肆意的入侵中左冲右突，竭力凸显本色。喜鹊的叫声也黑得发亮。

中午，12 点的钟声撬动一切，雪和鸟声崩溃一切。崩溃是绽放的发端！

喜鹊仍在歌唱，太阳和冷空气一块儿疯狂地飞上窜下。

那声声闷响分明扎伤赏雪人皮肤以及泛滥的热情。融化是立春拔节。

阳光兀自冷漠，不冷漠的鸟鸣紧拥青青的松枝。鸟声依山傍水，等一阵风，又一阵风来……

水仙花，温室里亭亭玉立，恣肆的花香突破窗棂，钩挂住外面惊喜的喊叫和目光。

抚握白玉雕品，一股温暖的风沁出手心，一枝柳芽饱满一条河，春伸出手，折枝东风，擎起、挥洒。

因为等待，因为那个眼神，雪的情绪潮水般退却，又涨起。

越过冬天，绿色更肥壮了，向路人招手致意。

不喜欢回首，风一路走来，走出一片灵魂坦赤绿浪滚涌的汪洋！

（选自 2018 年 1 月 26 日《开封日报》）

天远秋凉

张晓林

1

这秋，在密林中，静坐。

一缕风吹，在杨柳枝头，婀娜地吹着，细细的月，高远的天。

鼓在敲。

茫茫岁月在秋风中，夕阳西下中，冷月待升。

2

于无声处，蟋蟀草在岸，在坡，在净土上。

一种，无法描述的美啊，

在地方戏里，乡村戏剧爱好者的心中，演奏着花园草桥，书画伴读，晨光熹微或星斗满天。

化蝶的意境……

3

在水，在岸，在村之一隅，心之一角，有风，自心底开出来的花瓣，常盛不衰地盛开着……

尔后，便是菊的盛开，心的盛开，那笑，那歌，那曲调，犹如禅的境界……

4

远道而来的秋，在枝头上，眺望着鸟的声音，牛的声音。

风吹一次，心，就凉一次。

以及，所有叶子，默默倾诉的声音，天乐开奏的声音，
或唱或吟，蓬勃生长！

扬天接地的雪，就要来了……

5

沿河两岸，村落之中，大片冬暖大棚中的菜蔬，都有一种彻骨的嫩绿，正被秋风吹。

永不熄灭的日月长风，让美之幻思，抖了抖翅膀，醒来了。

而我们头顶上的满天星斗，已经听到了一种声音，正不远万里，日夜兼程，

走在一条通往春天的道路上，

离我们，越来越近……

（选自《大沽河》2018 年第 3 期）

秋染白于山（外一章）

张晓润

白于山，从来无法像它的姓氏一样纯白。

它一年四季被那么多细碎的植物纠缠和宠幸，而更为纷扰的，还当属这浓妆重彩的秋天。

秋，树木穿上黄金般的戏服，它们要在大地这个舞台上跳舞，它们要在太阳这个炽灯下跳舞，它们也要在苍茫的夜色里跳舞，它们要手拉手围成一个圈跳舞。

它们有自己的语言和手势，却只在乎用色泽交出彼此的心声和暗语。

在白于山，秋天的画笔涂抹过的地方，有着自然的高音和低音。高处的部分用来接应蔚蓝和流云，而低处的部分从来都证明着迷失不了的方向和路途。

火树不必经历银花，就已燃起富丽的火焰。它们不必寻根，站在一起就可以成为最好的兄弟。

一些血液，只要在大地里流淌，就可以成为耀眼的风采。一些版图，一经打开，就可能成为逃不掉的樊笼。

只有站在白于山，北方的苹果树才够妖娆和妩媚，黄土矮下去，沟壑矮下去，它们一并矮到尘埃里，仿佛只为这果的树让出天空和氧气。

花朵刚刚好到一种粉，浓到情深便俗，淡到苍白便衰。花朵因密集而繁盛，因繁盛而拥挤。拥挤是一种美德，不因彼此遮盖而撕扯身体和脸庞。

山路是山的围巾，唯美而飘逸。

山路经过苹果树，被蛊惑，被妖媚，但它不可以停下来，它只做简短的缠绕就要奔赴远方。停下来，就可能死亡，停下来，就无法成就自己。

在北方，在广袤的黄土高坡，苹果树与山路，有大海般的知遇之恩，但永无以滴水相报。

羊只与青坡

在陕北，羊被封山禁牧，假若你在漫山的青草坡上遇见羊群，那牧羊的人有可能是一个罪人。

于是，我常常被现实的块垒集中要害，我不知道在羊只与青草之间，爱上谁，才更趋于完美。

现实之外，我希望一万里的草地供白云般的羊只咀嚼，希望天高云淡，碧草连天，而羊儿胡须柔软。

两者之间，或者多者之间，不用千里传信，春风只是一吹，就宛若口哨。

低头是一种美德，青草流泻，每一只羊儿都不喜做傲娇的将军。

相信，没有哪个，愿意将眼神在斜刺里高挑。

然而，在陕北，羊总是被挡在草坡之外，在陕北，三月的青草是羊只刚刚萌动的爱情哦，草越往上长，羊只的心就越往死里沉。

这是世界上最残忍、也是最美好的矛盾，青草没有羊只来嗅，青草的爱情就只能在春风里疯长。

我在方格的铁丝网里，目睹羊只如温柔的困兽，它们的叫声，不留余地划破了乡村院落的宁静。

我想，羊群应该像天上的白云自由地走动，可是大地并非处处蔚蓝。

乡村的烟囱，总有深沉的雾气吐出。

山不很青，水不很秀，无法奔跑的羊群，是大地上的另一种悲愤和悲悯。

（选自《诗选刊》2018 年第 10 期上半月刊）

带着我的爱（二章）

张道发

过故人庄

这个村子真好。

夕阳下，半村子树影在小风中漾动，三五只母鸡飞扑到桃树枝上缩颈蹲立，小眼睛透着温良的疲惫，翅膀上草籽微凉。

一条碎土小巷窄窄地弯向某处院落，巷子两边垂挂着丝瓜花和杂七杂八的虫鸣。一阵风过，一溜溜明黄的花浪盖过开着裂缝的院墙。两只麻雀从屋檐下飞来，敛翅立在上面。

院子里有棵高大的枣树，树叶刚好枯萎一半，另一半的枣子染一脸酡红的醉意。

喜鹊和乌鸫栖息其中，翅膀蹭着翅膀，各自快活着。

村里很少看见人，有竹篱小院的人家安静地冒着晚炊，各色衣裳晾在竹竿上，偶尔有孩童的尖叫从村庄的某处传出来，恍如梦境。

倏然，晚风捎来谁家青韭炒蛋的热辣香气，叫人想推开篱门，歇下来，喝上那么一小杯。

夜暖暖地近了，近了，暮晚的天空画出了白月亮。

春到开福寺

在虫声中凿一条羊齿草啃过的山路去开福寺，一不烧香二不拜佛，只为独享这满山的春色，只为看看红色瓦脊口斜飞过的黄口小雀，听听落日在寺院里的诵经声。

又一年的山花开了，开福寺的小径上漫游的野花，它们不像虔诚香客，倒像是灵秀而随兴的诗人，满眼进进出出的山水和诗句，有一些山果样熟了，有一些叶子样葱绿。

开福寺的春是静穆的，城在远处。

一弯山溪从蜀山下跑下来，入寺就变得安静，像那提着木桶汲水的小僧，一身素淡的僧衣飘在风中，足音干净。我上前询问，小僧还礼，眼神充满孩童的清澈与羞涩，想来入寺不久吧。

择一级台阶盘坐，寺的阴影盖住半座山。

此刻，我不去想世上的不平，唯愿坐到夜来时，让山寺的月亮洗一洗这颗尘俗杂染的心。

（选自《安徽文学》2018年“改革开放四十周年”特刊）

蟋蟀之歌

张　毅

夜晚是一个仪式，大地收缩自己的神经，万物用自己的方式迎接黑夜：水和草木，人与动物——夜色掩盖了一切。

这个时刻，蟋蟀在草丛里机警地出现，它们的吟唱加深了黑夜。

蟋蟀的叫声如同秋草的叶脉，带着淡淡的乡愁，仿佛大自然的挽歌。蟋蟀是世界的游吟诗人，它们在隐密的位置与黑夜交谈，不断向沉睡的世人传达自己幻想的讯息。

一只蟋蟀在鸣叫；一百只蟋蟀在鸣叫；一千只蟋蟀在鸣叫。秋天的月亮越升越高，天空像漂浮在蟋蟀的叫声里。如果蟋蟀的声音突然停止，天空就会因失去支撑瞬间落到地上。

“西窗独暗坐，满耳新蛩声”。这是一幅令人触目惊心的水墨：淡月下的后宫一片寂静，凉风吹拂深垂的帏幔，远处的箫声响了起来，几只黑色的昆虫在妃子眼前跳来跳去。而蟋蟀如何能排解她们心中的寂寞与哀怨？蟋蟀在深夜里叫着，天空开始融化，星辰似乎要落了下来。

蟋蟀的出现是一个悬念。草丛或墙缝里，我们把蟋蟀草颤悠悠地伸向黑夜，为了获得一种声音。那些年，我常在夜里看蟋蟀们不停地跳跃，希望它们离光明近些，但蟋蟀永远跳不出古老的夜晚。

在梦里，这个场景迅速放大：黑夜里，一些不确切的东西伸向自己的童年。

我是一只不断跳跃的蟋蟀。

（选自《山东文学》2018 年第 3 期下半月刊）

瘦竹（外一章）

陆晓旭

瘦是一种气节，临危不乱。

在寒风和冰雪中起舞，与时间和琴瑟和鸣。始终保持克制。从来就不恐惧漫长的冬天。就算被掩埋在无尽的黑暗里，也不忙着出头。九九八十一难之后才会拱破泥土，一日三尺，弹词成箭，无声地射向空茫的穹庐。

瘦是一种寂静之美，身影窈窕。

一切由时间来见证，无须辩驳。

诱 惑

奇迹还没有发生。

九月一晃而过，十月的太阳刚刚升起，就被十一月的风雪卷落。十二月的冰河封冻起三套车的回忆。这个万物萧瑟的季节，任哪一个火热的女人，也不可能用她的红唇烈焰将我点燃。

我是一只黑夜之鸟。

在天宇破晓之前，等待一张弓，拉满空弦，然后将我梦到的惊喜，射成羽化的蝴蝶。

（选自《星星·散文诗》2018 年第 12 期）

阳关三叠

阿　土

一

羌笛横吹，一路唤我。唤我，打开西行的听觉。

那奇绝的，无与匹敌的音符，不由分说地侵入耳朵，在我被占据的每一根神经里回响。

回响。绵延不断。成功地牵动了我对这片神秘土地的憧憬。

我知道，这情景不可能为我独享，所有的生命都在以自己的方式存在。就像我竖着脑袋，只是不想让头颅里的思绪溢出来，溢成他人误读的信息。

从西风烈马到长烟浊酒，我没有过度的惊讶。置身充满传说的塞外，我不得不让自己做好穿过苍凉，面对空旷的准备。

如果飘然的云烟是海市蜃楼的幻影，在落日与大漠之间，我该怎样形容燃烧的天空，该怎样想像这片壮美的河山，那并非一般行人可以随意撷取的诗意，让我的内心出奇地平静！

当然，我也是平常的旅者，只是眼睛不知何时受了这颜色的浸染，在一行行的沙丘之上，心怀莲香，步步见花！

或许对这分狂热过于放任，以致受其要挟，视野所达之处，所有的风景，无不被激情的沙砾影响！

但我并不后悔，这个结果是我已经想到了的！

二

羌笛横吹，一路唤我。唤我，打开西行的听觉。

列车在跳跃着的风中匆匆前行，明明还记着是陕西的地界，却已经身入甘肃。而此时，一股出乎意料的凉意让我禁不住打了个寒战。我有些发懵，这从未有过的感觉，不仅让我心怀紧张，也让我对未来之旅充满了未知的惴惴！

又大又圆的落日适时地出现在窗外，威烈，耀眼，在不远处的沙梁之上，在起伏的光晕之中，让我微微仰起的眼神，慢慢地由激动而变得沉静。

我容易受到感染的心，一下子就有了酒意，四肢开始不受控制。

我不知道这里面是否隐藏着某种契机，我原本满怀崇敬，这一刻变得更加虔诚。我明白，世界之大总有些东西不停地带给我们启迪或者引导！

我的双手已经不能停留在托着的腮上，我无法忽略对那夸张镜头的描绘，左手持笔，右手取纸，我要把瞬间豪放的心情完全收入囊中。阳光里，我所有的浮思已显得不足一提！

三

羌笛横吹，一路唤我。唤我，打开西行的听觉。

山河深处，西部是不可或缺的浓墨，是重彩，是浊音，是叠韵！

万物有常而人生无尽，一切是相或者一切是虚妄，皆可以镜月，皆可以水花，皆可以闭目养神，或者合十而不语！

我们可以只观当下，只观明灭的灯火，只观说熄就熄了的人流。

或者，说黯然，说阒寂，说阒寂得让空气也变得沉默的夜色。

我知道，在夜色与人之间，交流是导体，是脉波的最大起伏。而脉波的最大起伏也是我们最容易受他人取笑的思想，在思想里，我们无法达到通融的内心，成为这个世界最不堪回味的讽刺！

我不敢说我走过的是戈壁、是荒芜、是寒凉。在这无比粗犷，无比单纯的大地上，撒欢的星光，敞着怀的风，在放达的诗意里，以一份与众不同的韵致，洇透了我的身体！

我开始起舞，像壁画上的仙子，款款，抖动水袖，这肆意与我的幼稚和无知有关，与我的信仰和灵魂无关！

（选自 2018 年 10 月 30 日《贵州干部教育报》）

在纸上走神（二章）

陈于晓

白云朵

终日飘浮，不可捉摸。你以为它是从山洞中冒出来的，它偏偏在山下和人家炊烟一起飘逸着，你以为它是从山脚下漫上来的，它偏偏又在山顶招摇着身姿。

这白云朵，常把来路弄丢，也从不问去路在哪儿。

在天空染上一丝蓝，到山头沾上一丝绿，一抖一落之后，仍是自己的模样。

这座山与那座山，隔得太远，需要借助于白云朵，才能对话。但是白云朵，总是爱理不理。

偶尔，白云朵也会在古寺上空，稍稍停留一下，提醒上山的人们，云深了，古寺就在此处。更多时，白云朵只陪着采药老人，隐隐约约在我们的视野之中。

这白云朵，是青山的过客还是主人？

不再飘动的白云朵，落在南山的秋天里，被东篱下的那些采菊人，囚禁在一幅画作中。这些囚禁白云朵的人，常常坐在茅屋下，一边饮酒，一边不时地抬头瞧瞧那白云朵。

那个叫桃花源的地方，安静在画外。往往，只有白云朵才可以抵达。

树翁

山居，草木很深。常见有一位老人，从草木中走出，在村子里走上一阵，然后，转身，又消失在林子中。

或者，行踪不定。

那老人，有时带着一卷古籍，像是一部中药典，只要一打开，就有文字成群结队飞出来。当那些文字哗哗掉下的时候，地上便长满了草药，空气中全是草药香了。

夏日的午间，趁老人打瞌睡时，我偷看了那卷书，发现满纸都是空白，但也许，全是草木的影子。

只有午间，老人的影子才会胖上一些。清晨和傍晚，老人的影子，总是又瘦又长又单调。老人的影子是黑的，你见过白的影子么？当然，黑，会更显得老态龙钟一些。

村外有绿野，可觅仙踪。

当我尾随着老人走进绿野，只一晃，老人便不见了。忽地相逢一棵老树，有老态龙钟的模样，我猜测老人是树神。

但或者，这棵树，就是老人的住处。树老了，心空了，恰好可以让一老翁容身。

（选自《散文诗世界》2018 年第 3 期）

树林（外一章）

陈计会

它倾向于阴凉，早晨的入口。齐腰高的草遮住小径。古老的鸟鸣与三月的野花，将树罅漏下的阳光装饰得如梦境。

你挟着某种隐秘穿过，那到过或未曾到过的地方。像我此刻手中的笔，它伸向诗幽暗的内部。（时间的镜子。我们都是它的反光。）

你喜欢白桦林，它沉睡在你童年的记忆里。来自电影的片断，多年后被你打开的梦境。在你的周围，树木密匝匝地排列着，扩散着，像林中的湖水，将涟漪一圈一圈地推向远处。掠过水面的飞鸟，比时光更快，死在时光的彼岸。

记得小时候我还在湖边捡过那羽毛，雪白，有蚂蚁在撑船。

卵 石

它独坐在阴影里。河水远去，留下它一圈圈不规则的皱纹，犹如时间的斑衣。

当你赤足于清冽的水里，老远就看见那只蚌，被流水雕刻。捡起：灰褐、沉甸，流畅而复杂的线条盘桓着坚硬的质地，裹紧不可言说的岁月。地震，或泥石流，或山洪，你寻不到丝毫的踪迹，却有满目暗示。命运是暗处的手。正如某年某月某日将你推到千里之外的赤水河边。当你弯腰之际，你轻易穿越了亿万时光。

所有的秘密被你紧紧攥在手里，犹如命运。

（选自《虚妄的证词》，北京燕山出版社 2018 年 5 月版）

车过紫阳隧道

陈平军

一节长鸣争先恐后地挤出车窗，一不小心就滑落山谷。超负荷的思恋奋不顾身地与车轮赛跑，终究还是输给了时间。

与我纠缠不清的只有坚定的脚步、粗犷的号子，纤道上飘扬的空谷足音。

汉水安静了下来，在追忆这久违的纤夫号子，曾经而依然在陡峭的大巴山回荡了五百多年的号子，永不消失的韵律背负沉重的纤绳去牵引丢失的梦想。

顺流放船，溯水拉纤。

货物运入镇甸，物产经汉江由纤绳逆水拉出，希望、理想与现实的交汇点就是隐藏在巴山深处的瓦房店古镇。

瓦房店，连接着湘渝的北蜀道也连接着世事的凶险。

山势险峻，天然屏障，气候温暖，资源丰富，废弃的土地也是苦海中的孤岛。

五百年时光流转，“填巴山”的流民，沿着可怕的险道，对山而歌、对水而吟，用生命，使出浑身解数，唱出独属于大巴山的“吼山腔”、“甩山调”。

千里巴山，明廷禁山，清初开禁；一禁一开之间，失地、战乱、瘟疫，不堪于赋税苛政和被朝廷追杀的白莲教信徒，不甘受清廷奴役的血性汉子，被时光的车辙裹进“填巴山”的移民潮。

插杆为界，随手指点的都是每一个雄心壮志的理想的疆域，流民递钱数串，即可租种数沟、数岭；再后来就有雇工把生计或汗水洒满山岭……

伐木支椽，上覆茅草，结棚栖身；渴了，饮山涧溪水，饿了，食阳雀花根无娘藤。“板屋几土著，结棚满山梁。远从楚黔蜀，来垦老林荒”。无土不垦，无门不辟，在崇山峻岭、沟壑纵横的大巴山里揭开创业画卷……

迁徙、碰撞与交融中谱写的辉煌；“填巴山”、“填四川”是有关梦想中最悲壮、最精彩的乐章。

前赴后继，驻停，沿汉水溯流而上，“烟波江上”的浓浓愁思，何处是飘摇的根系？与瓦房店擦肩，与时光的隧道穿越，再经任河的十三条溪水遁入大巴山。

“日暮乡关何处是”，巴山老林是我家？

（选自《中国汉诗》2018 年第 1 期）

华蓥山观石林（二章）

陈旭明

灵魂雄起

从喷发到凝固。从淘洗到冲刷。从春秋到冬夏。从混沌未开到鸿蒙初辟。

天阔。地远。一块块石头扶起自己。

大块载我以形——孕育于时光之卵、宿命之精。我深信它们不是死去的火，而是重生之花。在大盆地，它们或许五行缺金，但骨含青铜。叩击石头，第一缕迸溅的火花，升腾人类文明的曙光。

仿佛，人猿相揖别，胼胝手足的巴人祖先，站立成人。

可剑指蓝天。能低入尘埃。山有奇石，恰如人有肝胆。这史前的煌煌建制，至今列队成阵，让每一个来往的游客明白一个道理：历史能够虚构，美，不可杜撰。

拔地而起。宛若神的一句惊叹，倒立三千丈！

兀然苍莽。守必然的硬。守必须的慢。守必定的真。守必需的野。

天柱不折。岁月不灭。

瞬间便永恒。

在辽阔的寂寞中。在沉默的伤口深处。宛如时光层出不穷的手语——或林。或峰。或谷。或壑。或涧。或洞。或穴。

莫非，星空在大地的另一种版本？

天意从来高难问

曙色壁立。粼波逶迤——以三山两槽解密。

上山恰遇茫茫云雾，正好，我可以擦去经年的锈迹。山，偏要从险处辽阔，在这个峡谷，风扫过落叶，野花不闲，流水不饶舌，沿着石头行走，读取天意的嵯峨、人心的通达。

在挺立的石头前，苍穹是弯曲的。

块块都有风骨。只把时光稳稳扶住。不凌驾，只超越，御风者自有高蹈。

落差是巨大的，却不如人心距离之远。不要把隔岸观火当作一种抒情，不要把走马观花视为招摇的资本，山风与花香交织的静谧，才是护卫心灵最好的包浆。

峰顶开阔，双目纵然迷津，心，有归途。

窄处，泌出灵魂里的一羽春色。

心灵渴望上升。灵肉何曾羽化？拨开琳琅、交错的谵妄，用沉默照透内心。绝望是越擦越亮的灯盏。

石有多峭拔，信仰就有多高；

一石压千斤，乡愁就有多重。

在邻水，所有有着源头的人，都会自觉回归水边，觅到血源、命脉。

在时间的缝隙，谁参差的倒影把岁月磨成千古之铜镜？

不说柳暗花明。不道曲径通幽。从洞中天河边走出来，才明白：读懂人意，天意自通。

（选自《星星·散文诗》2018 年第 1 期）

舟曲，浅吟或者低唱（三章）

陈劲松

舟曲，白龙江边

用浪花洗脸，用干净轻柔的涛声洗心。

在白龙江边坐下，不回望来路，也不关心去处。像消失于岸边的涟漪，也让我消失于暮色之岸……

而身边的白龙江，且让它奔跑，带着清澈的歌喉，继续向东，不舍昼夜，像个星夜兼程的赶考的秀才，澄静与恬淡就是它最富足的盘缠。

这个下午，在舟曲，我且停下，熄灭身体内的涛声，沿白龙江溯源而上，慢慢变得波澜不惊，沉淀下

血液里浑浊的泥沙。

拉尕山上的经幡

凌空飞翔的，是身驮三宝的骏马。

呼喇喇作响的，是那些被一遍遍诵读的慈悲的经文与六字真言。

阳光读过，月光读过，

最用情的，是风，它用或轻柔或粗放的嗓音，读了一遍，又读一遍，再读一遍……

每读一次，舟曲就被神祝福了一遍……

拉尕村

我叫得出的几种庄稼：
油菜，蚕豆，小麦，青稞。
我叫得出的几位姑娘：
次曲，拉吉，央金，卓玛。
我看得到的几种波动：
溪流，微风，鹰翅，经幡。
我看得到的几种宁静：
花香，阳光，水磨坊，蓝透的天，

还有，黝黑的脸庞，
干净的笑容，以及
放慢了脚步的时间。

（选自《山东文学》2018 年第 6 期下半月刊）

冬日未尽（外一章）

陈茂慧

落叶未尽。

别枝惊鹊，往来环复。一树苍凉，一地乱影。

寒风是说来就来的，门窗是随开随闭的。

匆匆人事，匆匆逝去的光阴。

余晖未尽。

远山苍茫，济水寂寥。冰封的尘世，冰封的梦幻。

化不开的恩怨，消不去的愁悒。

翻动的书页，说轶事，说传奇，说燕雀之目光短浅，也说鸿鹄之大志。

霞光潋滟，满城繁华。

冬日未尽。雪亦未尽。

或星星点点，或挨挨挤挤、密密匝匝。

……填满缝隙和漏洞。平衡起伏与弯曲。覆盖住疮痍和伤痕。

在泉城，一城山色半城湖。城北见黄河的黄，城南见山的更南有南山。

生命开在季节深处。生命在冬日未尽处悄悄绽放。

心曲未尽。

所有的山水皆为背景，所有的路网皆布满陷阱。

哪一种选择都会草木皆兵。任何一种笑谈都付流水。

转山转佛塔。转身就是撤退。转动半生浮云，碧天蓝海均可被一眼望穿。

车马远行。谁的江山隐隐。

曲未尽。人不散。

以数量取胜

“质量。质量是什么？看得见吗摸得着吗？”他怒吼。

这么多年，把日子过得越来越少了。跨过的河流却越来越多，可是，哪一个日子被他记住了？

又有哪一条河流为他停驻了？

站在一棵芭蕉树下，他数雨滴，也数闪电。

数不清的雨滴，也数不清闪电。

又翻开那本书，终于翻到了最后一页。结局，并未呈现。

“我就要数量，用数据说话。”他喃喃自语。

墨汁在砚台上慢慢变干。

所有的笔法都是生涩的，突然响起的电话铃声惊扰了他的落笔。他绝不会承认那是败笔。

顺着狼毫流下的，是时间、白发和耐心。

笔画越来越多，练习纸越堆越厚。时间越来越少。

他相信，质量是要靠数量堆积的。

而乱云飞渡。而青山寂寂。

而追赶的步履终究慢了下来。

（选自《青岛文学》2018 年第 5 期）

半日浮生（外二章）

陈波来

我就躺下来，张开四肢，让每一处抻展的关节浸透阳光，并且在江河的拐弯处，噼啪作响。我就要躺得，和这面坡地一样，坚实。陡峭。

浮。浮云，无根无系的一片雾，没边没际的一句话……

其实万物执于一念，而我有日渐壮阔的心胸。

我不说爱你，我就想着，和你躺下来，躺得和这面坡地一样，坚实。陡峭。

伪装者

我愿意听你那样说。我听出话里有话，有花团锦簇，有江山秀美……我愿意相信，说的比唱的好，是一种多么的好。高速路穿城而过，盛满花开一样的喇叭声。我愿意看见，远方，一个人人能抵达的远方，在下一个写满欢迎词的收费站后面。我愿意想象，如何的你，手中翻覆云雨，袖里藏留乾坤，皇帝有新装，丞相有眼泪。伪装者很容易成为我们自己。只是这么多年了，只是我已耻于伪装……我承认我做过伪装者，我愿意给她那样说，话里有话，有花团锦簇，有江山秀美……我愿意她相信，说的比唱的好，是一种多么的好。

午夜奔跑的火焰

万物沉睡，词语开始苏醒，在一片晦暗的磨牙声中，对光与明朗有所期待。

我相信水流还在赶路，黑暗中有它怎么听怎么急促的脚步声。

还有，我相信，还有火焰。

为了在水流匿迹于干枯的掌心之前，为了让火焰照亮词语：爱你，或者恨你，比之天亮时分，更加昭然若揭——

我揣着一团火焰在午夜奔跑，我跑着跑着——

四野闻闻寂，我成了跑向你的火焰！

（选自《散文诗》2018 年第 6 期上半月刊）

父亲和故乡（三章）

陈修平

隔着墓碑和父亲交谈

又是一岁春草绿，又是一年清明节。

父亲，我又站在你的坟前，默默和你交谈，恍惚听见你像从前一样对我反复叮咛：诚实做人，踏实做事。别有非分之想，别干非法之事！

秋冬的落叶，在坟上坟旁积得厚厚的。我前前后后左左右右清理着，不禁想起童年放学后，做完功课，就打扫屋前场地，等着你踩着暮色归来，疲惫的你，依然看着我欣慰地笑……

父亲，我是你种下的一棵庄稼，一棵未能快速结出耀眼果实的庄稼。尽管我一直倔强地生长，但始终未能大富大贵，未能在你离开这个世界前，让你过上一天舒心的日子。

如今，终于有能力回报你，让你不用起早摸黑地劳作，你却永远去了另一个世界。

父亲，但愿在那边，你不用那么操劳。作为你种下的一棵庄稼，我会在你远在天涯而又近在眼前的目光注视下，继续生根发芽，顽强前行，永不忘记——我是你曾经满怀希望种下的一棵庄稼！

红枫林

红叶飘舞，满地枯叶堆积，仿若父亲逝去的似火激情。

我勤劳的父亲，您沉重而苦难的一生，已深深浓缩于您的额头。

我苍老的父亲，您也曾拥有绿叶般的诗情。然而，您的诗心早已被沉沉的黄土掩埋。您只能用犁头刨开厚厚的土层，种下您对人生的一点点希冀，种下您未曾实现的梦……

那日头好毒；那风刀子好硬。我昔日壮实的父亲，已弯成风中那枯瘦的枫干。

问候故乡

蜗居城市，远离故土，好久未曾温习故乡的音容。

曾怅惘地仰望北雁南飞。如今，我静伫阳台，期待燕归来，于廊檐筑巢。

当此时，故乡，我想你已是芬芳遍野，金黄的油菜花织成地毯，热情的映山红缀满头顶，小河已重新流畅着激情，绿草于小洲上恣肆狂长，娃儿们变调的歌声，依然在牛背上悠扬……

问候故乡，问候故乡的山山水水，问候故乡的乡亲父老。我那一身古铜色皮肤的父亲，已作为故乡父老不朽的标本，植入了我心中的相册，让我感激，令我心酸，促我进取，催我奋发！

问候故乡，你远行的儿女，有诉不尽的情话，有说不完的感伤。我不知道，被岁月风化的容颜，除了你，还有谁能分辨？！

（选自《散文诗》2018 年第 5 期）

秋浦河

陈　俊

1

大地依然漫溢的是否是你医治人间的药水。

你开出的一条沟，淌着良方。

是否埋藏着金子和砾石。

摔碎了酒，留下的杯盏是否对人间怀有乱意。

在杯盏中盛满美女的颠簸，一当倾覆，是否重回红颜轻薄的黄昏。

在李白的名下，有如许患有臆想症的病室，需要一一请君入瓮，填满肉身的碎荡。

2

十七支箭，你中了哪一支。冥恋山河的博大，恃宠而骄。消荡青春的药。

每一个眼神凋零地奔跑，掠过。

3

锁住了一条河流。

那个流落人间的清晨，有一种披雾的高尚。

我推开父母的棺木，抽出一根做成舢板。

多年以后山变得高大我才看到松林中幽寂之光。

每年春天都来，把埋葬的一年扒开。

我与花相隔春天。距离要命。

左手端着的酒杯里端着不死之花。右手

诗和诗人的背影如此虚幻，坚硬。

4

我初到江南，五年炼金和采药。

与你相隔春风，隔着那朵不死之花的脸。

河流和山峦面目不清，亦真亦幻。幻觉使经历散失胎气，不敢不来也不敢远去。

河那边空无一人之处，谁一再取无法之法，取一盏酒里的一滴酒，作醉人之方，亦作醒世之药。存世的诗句一半酒猎俗渔。

一滴酒在半途分辨了婴儿之哭，按在哭声里还有虚晃。

多么老道的一滴酒，我要用人生暮年才洗出它的猿啼。

5

那时看到白发。而你还活着，我们已渐渐腐烂。

我想是你三千丈白发中的一根黑发，而我带着黑夜，你带着星光。

我们在一条河流上相遇，带着各自的分裂。落水之后，我们不可避免地撕扯，我们向各自的死亡里伸手。

你的白剩一根骨头，我的黑伸手不见。

（选自《星星·散文诗》2018 年第 4 期下旬刊）

遇见一颗孤独的内心

陈海容

我们被谁放逐到这个世界上，成为无依的旅人？抑或是被适时遣返而来，各各绽放出自己的生命，作昙花一现的绚丽或朝露般速逝？或有难以分解的宿毒，必须在尘世中辗转拔除，然后等待着彼岸的人浅浅地招手召回？

沿着天河四季不断涨落的潮汐，在宇宙中我们如一缕逸出引力孤独远行的光子，朝着未知的时空深渊滑行，风驰电掣的风景呼呼而过，过去的一切开始与我无关。而这天地间仿佛酝酿一场巨大的预谋。有朔风漠漠，我无法预知，因无法预知而恐惧，因恐惧而孤独。

天地或是无形的牢笼，无所知觉的人在这片天地里自顾自地演绎而不可自拔，悲喜着自己和别人的悲喜。从来路返回吧！我企望挣扎离开这向心力，独自在不断的抗拒和斗争中寻找方向，又在一次次的寻找和漂泊中迷失初始的方向。我要离开身边形形色色的人，我已经并且终将无法与他们言语。

最初和最终都是孤独的，它只宜于独自咀嚼。于是在夜里，一个个的我在不同的来路上吮舐着梦，吮舐着伤口，吮舐着孤独。在无人知晓的内心里，渐次沉淀往事，日复一日地激浊扬清，收缩成更硬更小的核。在吮舐孤独中汲取勇气，义无反顾走向未知。

我们随光线而来，我们因光线而逝。

多么严重的惩罚啊！我们甚至不知被谁抛弃在这里。我们向梦中人寻找着答案，却在讥讽或嘲笑中一一被自己的孤独打败。在一场接一场的梦中，四处扩散的孤独囿于其中，陪着无处可安的心灵。

梦将醒时，才觉得人生终是更加虚幻？

（选自《散文诗世界》2018 年第 1 期）

种植随想（外二章）

邵　超

不能让花盆空着。

是花盆，就应该栽上花。没有花草也行，甚至栽上一株辣椒，或者几棵大葱……

花是春色草是春色。当然，辣椒和大葱也是春色。

心田也是这样，不能空旷，不能荒芜。能栽什么就栽些什么吧，比如栽些“东篱菊”，比如栽些“原上草”……或者就栽下一些梦的蔬菜。

让大象无形，自由开花，自在结果。

沉寂

那么多，密密匝匝的。蚂蚁们聚在一起，在干什么？游行，聊天，吵闹，嬉戏，歌唱，赶庙会，还是在跳广场舞……这个王国一定喧嚣而又热闹，可惜我听不到。

月光在夜幕下倾泻，一如瀑布。却不知有多少个三千丈，苍穹之下都是飞流直下的声音。仰着脸，侧着耳，屏气凝神，可惜我听不到。

骏马在草原上驰骋。嘶鸣一定嘹亮高亢，啼音一定惊心动魄。草原太广阔太空旷，空旷得只能让一个人，站在远方遥望。嘶鸣和蹄音一定在呼唤我，可惜我听不到。

所有微妙都躲在沉寂里，所有神奇都藏在沉寂里，所有喧嚣都隐在沉寂里……

就这样，我跌入了一个沉寂的境地。

不能窒息，我要冲出去！冲出去，去拥抱尖叫的蚂蚁，去沐浴倾泻的月光，去驾驭嘶鸣的骏马。

两个梦

我掉进水里。一只猫死死地追逐我撕咬我。

——这是昨夜我的一个梦。惊醒后，一天都惶惶不安。因为我属鼠。这个有关猫的梦，预示着什么？不知周公能不能解？

我看见一汪水，水里的鱼五彩缤纷。有鲤鱼、鲫鱼、鲢鱼，更多的是热带鱼……

我和女儿跳进水里，和那些鱼儿一起嬉戏。

——这是今天我的一个梦。醒来后，我很兴奋。因为老年人说过：梦见水梦见鱼将有好运。

准备找周公的我，不再找周公了。因为我感觉，昨晚那个梦，已被今天这个梦解了。

（选自《星星·散文诗》2018 年第 2 期）

刘公岛遗恨

范如虹

威海卫港口的刘公岛，面积3.15平方公里，甲午战争中威海卫一战，创立只有6年多的北洋舰队在这里全军覆没。甲午战败，导致列强瓜分中国的狂潮。岛上至今仍保留了许多甲午战争的遗址和遗物，是不可多得的历史见证与生动的爱国主义教材。

在通向刘公岛的航道上，海水在船舷上卷起一朵朵冷雾，悲壮地浸润我的双眸。

远远地，邓世昌举着单筒望远镜向大海眺望，1894年的炮声和硝烟以一滴滴透明的液体从他的镜筒里落下来。

走进刘公岛，每一块石头都凝结了一种酸楚，每一棵树木都摇曳着一片耻辱，龙王庙内德政碑前，祭祀丁提督亡灵的香火袅袅升起一圈圈氤氲；旗顶山炮台上的防护长墙，只剩下几段残垣无言面向天空。那些从大海深处捞上来的济远舰遗物，以一种锈迹斑斓的悲壮陈列，游人瞻望如同体验一种刻骨铭心的阵痛。

一座小岛，因一个民族的苦痛而声名远播，在一页沉重如铁的历史里，旖旎的风光倒是成了似有若无的花边。

于是，在远离小岛的威海码头，一船船好奇和激动的人在冷风碎雾中踽踽而行，向近代中国的一页悲痛走近，渡轮的汽笛声也在海风的浸泡中感冒，且分贝沉重，让人目光瞬间迷茫。

千古遗恨，炙心的风浪在轻轻啜泣。无论是提督署西辕门的烟云，还是济远舰铁锚上的锈蚀，一次次模糊我的视线，让我们的骨骼和血脉上的每一个细胞，都在喷涌和燃烧。

或许，我不应该这样与历史对视，我必须是一只鹰，在梦的上空飞翔，以一种虔诚守护刘公岛的宁静。

在这里，你很难感受到晚餐的美丽，所有的悬念，在丁汝昌殉难处簇簇而动，中国的血管因此而波涛汹涌。

当每一个从岛上走出现实的感觉不再苍白如纸，每一种沉思的痛楚不再轻盈如风，在历史的时差里燃烧着的、经久不息的火焰，足可让每一双明眸庄严神圣。

（选自《散文诗世界》2018 年第 5 期）

凤河听雨（外一章）

林进挺

仿佛是打开了大地的琴键，天空里是谁的手灵巧无比，弹奏出这黄昏时刻的动听舞曲。

怦然心动，说不出哪一种奇妙的感觉。跳跃着，舞蹈着。

雨水从天而降，落在河上，顺流而去。

凤河因此而广阔，而辽远。我闭上眼睛，感受这来自远方的召唤，打开紧闭的心门。

天空之手，大地之琴，撩拨远处的青山，也撩拨安详的村庄，撩拨随凤河流动的心。仿佛拉长了时光，仿佛长出了一双翅膀，迎风飞翔，撒播出自由与爱恋的喜悦。

凤河听雨，就在心里。捧出杯盏，品一壶温茶，且把深情款款注入于雨中凤河。

渡口

守望着乌坎河，守望着迷濛的岁月。依旧招摇着过往的风景。

朝阳升起，夕阳沉落。灿烂的光辉依旧眷顾着渡口。

南来北往的故事，又演出了多少喜怒哀乐，又品出了多少酸甜苦辣。两岸的野草绿了又黄，黄了又绿。

不见了渡船，不见了摇撸的老伯，不见了天真的童年，更不见了岸那边慈爱的外婆。

“摇啊摇，摇到外婆家……”耳畔似乎又响起了儿时的童谣，湿润了眼眶。

（选自《星星·散文诗》2018 年第 12 期）

暮光里的眼神（外一章）

牧　风

我在暮光中翻检，那遗留在岁月之瓣上的印痕。在微弱的光里凸显出母亲的眼神，透过那双纤瘦的手掌和单薄的身躯，传递着一片内心的暖流。

当夜岚骤起，梨花落满春的扉页，突然就想起母亲望儿的眼神，那沁入骨髓的叮嘱和寄托，早已融化了我心灵暗藏的坚冰。

我涉过落雪的远山，在那张时光镶嵌的底片上，看到母亲风霜磨砺和熬煎的眼神，那么焦虑的怅望着游子的远足。

一切都湮没在年轮的纹理中，多么想隐藏自己脆弱的灵魂。而每当想起母亲的眼神，我瞬间的孤傲和愧疚，在回首中幻化成一条透光的河流。

在旺藏寺驻足

一扇虚掩的空门囚禁住一地春欲。

那清净之域钟鼓齐鸣，有天籁之音洞穿魂魄，营造着慈悲的境界。

一双双虔诚的脚步被渡入佛界，深入大悲咒悠扬而沉鸣的韵律中。我在尘世的声音越飘越远，一直蔓延到旺藏寺的周身。

忽有祈愿之声落入耳鼓，动人心魄，由远及近抵达众生。

数百年幽静的声音，透过时光之壁传递佛陀赐予的福祉。

白龙江深处的旺藏寺，在云朵里孕育着吉祥。

遥看寺院旁边的茨日那村，红色的记忆正在打开……

（选自《山东文学》2018 年第 5 期下半月刊）

沧桑五千年（外二章）

周庆荣

五千年，两千年的传说，三千年的纪实。

一万茬庄稼，养活过多少人和牲畜？

一千年的战争为了分开，一千年的战争再为了统一。一千年里似分又似合。就算一千年严丝合缝，也被黑夜占用五百。那五百年的光明的白昼，未被记载的阴雨天伤害了多少人的心？

五百年完整的黑夜，封存多少谜一样的档案？多少英雄埋在地下，岁月为他们树碑多少，竖在何处？我还想统计的是，五千年里，多少岁月留给梦想？多少时光属于公平正义与幸福？

能确定的数字：忍耐有五千年，生活有五千年，希望也有五千年。

爱，五千年；恨，五千年。对土地的情不自禁有五千年，所经历的暴力和苦难，我不再计算。人心，超越五千年。

长城

一块砖和又一块砖。

一个大集体中相濡以沫的伙伴，有的身板依然硬朗，有的已经风烛残年。

以并肩作战的姿势，以相互依偎的深情，它们如果在我们的远方，只有一个共同的名字：长城。

把一片土地爱成国家，把长满庄稼和花朵的田野爱成祖国，把我们的祖先静静地爱成一个又一个的家族，把一片云和另一片云放在这个狭窄的锋面，让我们历史的天空遭遇过血雨腥风。

我尊重这些被选择的砖石。它们一动不动，寂寞地走进遗忘或者曾经聆听喧闹的沙场搏击。它们以长城的名义，在漫长的岁月里，守望并且热爱。由它们而形成的集体——长城，因此也只能选择担当并且无言。

是是非非的往事已成过客。屹立的是山脉，流动的是江河。江山，它的子民是一个又一个真切的面孔，善良如稻谷，温暖如棉花，多像长城的每一块砖石。忘却仇恨或者耻辱，长城不叹息。阻挡或者推诿，岁月啊，人与事物在川流不息。一直在川流不息呢，比如物换星移，比如天翻地覆，比如候鸟迁徙。

爱到佝偻，爱到沧桑，爱到烟消烟散。当所有的痕迹留给空旷，记忆中的长城，祖国是它的主人。如果只能寂寞地站立，它愿意站在更远的地方，在腾退的地带，种下正义及和平。祖国不说大话，她一边心地善良，一边英姿飒爽。长城，站在远方，它会想家。

泰山与日出

可以登上绝顶，但别的山不小。

一切的往事留在山下，在高高的山峰上，我们只面向未来。未来是永恒的提醒啊，心里只有自己的人，一定像山头松动的石头，也许一阵轻风就让它滚回原地。

忘记曾经的惆怅，惆怅里故作玄虚的脸，你在充满灰尘的地方因为灰尘的赞美而喜悦。我此刻想到的是未来，未来正和初升的太阳一起问候我站立的山峰。

山峰有伟大的名字，它是泰山。

雾仿佛日出时的考验，一些人中途回去，看不到日出就不能留在山顶？我骄傲，我是留下来的人。我爱雾中的信心，边上的树伸出手臂，它想握住太阳的手。我也想握，握它永远的升起，握它的豪迈与坚定。我非常想表达我在高高的泰山顶看到日出时的心情，心里应该只有太阳，夜的暗与暗中的故作聪明成为我必须鄙视的内容。

在泰山顶兮，我在，众山可以不小。

，　这里的日出不允许利欲熏心，也就是说，对待万事万物首先需要彼此尊重。这一感悟让我有勇气与龌龊的人远离，我呼唤的庄严在高高的泰山顶上。

泰山，爱在高处。

我是不会恨的人，在泰山，所以我不能低。同时不能低的是刚刚升起的太阳，它红，红了山上，也温暖了山下。

（选自 2018 年 10 月 19 日《解放军报》）

海·听

庞　白

1

从此岸到彼岸，有时很遥远，远得一辈子也望不到边际。

从彼岸到此岸，有时近在咫尺，瞬间，已然抵达。

大海，除用辽阔、壮丽、恐惧、神秘……来形容，我们还能想出些什么别的词语？

蔚蓝的海拔，无边的从容，凸凹的不规则，无法回避的关注，不由自主的摇晃，漫天的寂静……

2

没有驿站。没有古道。没有人声鼎沸，甚至，没有鸟的影子。

蜿蜒的船的痕迹，在身后迅速远去、消失。

没有记载功过的碑牌；没有盛装，没有是非的牢笼；没有人为的历史，甚至感情的叙述。

白茫茫、蔚蓝、灰的、红的、黑的，无法诉说的颜色，反复演变、滋生和消逝。

以物事的本质而不是升华呈现，用天底下最巨大的咸涩和苦难覆盖生命，同时为生命守灵：

——这里是大海！

3

目光追随海鸥的飞翔，飘向更远。

那一抹抹灰白，简洁、快捷，光驰电闪，在海天之间，穿梭。

天阴了，它们飞翔；天晴了，它们飞翔；黑暗中，它们飞翔。

它们飞翔在我们无法抵达的世界。

4

晨光初绽。

天空舒展，撑开精神的空间：静穆、纯净，又高远、热烈……

惊涛来，惊涛去；骇浪来，骇浪去。

船儿动摇了，鸟儿不见了。大海翻腾，都在叫闹。

——孤礁，没动！

5

太阳像一个道具。那么近，那么真切。天空蔚蓝或者灰暗，天上有云或者无云，无关紧要。

让耳朵享受一下：远远近近、轻轻重重的涛声，左耳进，右耳出，覆盖和安抚我们一天比一天浮躁的身心。

6

天上无数的云：黑、白、灰、蓝、橙……一片、一卷、一缕、一团、一串……有的一动不动，有的漫天飞舞，有的慢慢流淌，有的翻腾涌动。

现在这一抹，安稳地停留正前方，在大海高处，浅白，泛红。

这一抹瘦削的云，这一抹浓淡适宜的云，正以自己的方式散淡。

它若有若无，横斜着。

我和云，就这样，形散神不散地站在渐渐入冬的沙滩上，迎接快速来临的黑暗。

（选自 2018 年 5 月 29 日《北海日报》）

牧羊女

郑万明

把羊群赶过山岗，眼前摊开一大片空白。每日深陷这样的空白，牧羊女不停地挥动鞭子，抽打这寂寥的时光。

格桑花开了。矢车菊凋了。

山那边的姐姐出嫁了。

正午。风送来阿妈的问候。蹲在石头的鹰，静静倾听母女之间的私语。似乎只有这样的问候，才能驱赶牧羊女内心的孤独。

秋天，一点一点被群羊吃瘦。草地偶尔走过转经人，朝圣者，流浪汉，迷途的异乡人，以及刚刚抬上天葬台的老人。

孤独再次袭来时，牧羊女就狠劲地想亲人，想出走多年的阿爸。

阿妈说，阿爸是摔跤的骑手，是一次能吃掉半只羊的骑手。

那天早上，阿爸出门时，谷底刮起少见的大风。

阿爸摔下山谷时，天空降下罕见的大雪。犬吠声，击落一层厚厚的树叶。

想着想着，牧女哭了。

哭着哭着，天暗了。

后来，牧羊女也出嫁了。

（选自《大沽河》2018 年第 2 期）

北盘江

郑　立

波光粼粼的彩锦，夜郎古国的秘语。

北盘江，在黔西南的胸襟，雄奇之美，奔荡春秋秦汉的日月，激越南来北往的罡风，峡深，壑锐，谷阔。

花滩、伏流、旋塘，是藏而不露的心事。峰林、怪石、瀑布，是袒而不裸的心情。山青水绿的感恩，不言而喻。

远古壁画、古城遗址、摩崖石刻，明明灭灭的典藏，抹不去历史漫漶的真相，掩不去铁血漫卷的烟云。高于生命，低于土地。

北盘江大桥、古驿道、铁索桥，穿行在风的磋磨，雨的遗渍，雪的残骸。一场场险阻与通衢的博弈，一次次旷古烁今的喧嚣。心比天高，命悬磐石。

在我红颜的黔西南，在我闺蜜的贞丰，在我滔滔的北盘江，碧波流韵，山歌嘹亮，鹰飞湍急。

虎啸猿啼，隼掠鸢拂，在石头国里，命运没有选择。黄金滚滚的渴望，在鹰翅上飞。

壁刀崖剑，山蹋水陷，血光杀气，傲骨铮铮，一匹匹矮脚马，踏碎了马帮的铃响。

北盘江的忧伤，是原始森林滴漏的绿烟；

北盘江的欣悦，是群山巍峨奇幻的色彩；

北盘江的痛楚，是绞骨与割肉的盘山道；

北盘江的欢乐，是天堑变坦途的拦路酒。

我是浪雾上的彩虹，一生用鲜花赶路，一生用岩石唱歌。

聆听着炊烟袅袅、古朴熠熠的村落，聆听着春绿秋黄夏葱冬红的故事，聆听着山高水长、山环水绕的呼唤。

我携手一份激越的大美，迸溅一江漫漶的星辰。

在我赶往幸福路上，一边是布依的勒尤，一边是苗家的芦笙。

（选自《散文诗》2018 年第 12 期）

幸福（外一章）

弥　唱

风在唱它的序曲，蚂蚁在搬它们的家，一场预约的雨就要到来。暮晚低回，初秋之后会有第一片转身的树叶。一切都是秩序中的样子，一切都恰到好处。

像这条深蓝色的裙子，纯棉的部分藏在黄昏里。如果雨水落下来，它会完全沉浸于潮湿之中，夕阳的残红和楼顶的炊烟并不能加速它缓解的速度。而它的蓝色会越来越纯正，那是白露之后第一支布鲁斯。

像这节奏里回旋的切分音。车窗外，所有的道路都通往家的方向，路旁所有的绿色都保持着微笑。后视镜里，白色的银色的黑色的车辆追逐着、分享着我快乐的奔跑——这奔跑中重复的、停不下来的汁液饱满的九月的音节。

一天的工作结束了。明天还将走进身后二十公里外的那座办公楼。我还会将那件白衬衫穿出香水的味道，让清晨沉湎，使正午安溺，然后把傍晚的词语都蓄满柔软的笔画。我还会亲近办公楼里每一束迎向我的光，那些白纸黑字里完成过春夏的单人旁。

一路向北，黄昏昏黄得过于认真。父母都在，他们缓慢的步态总结着整个白昼。我坐在他们身边，时光就真的停了下来。

之后会是夜晚。一本书等在床头。我可以在一些句子里舞蹈、停顿，继续忧伤。可以抬头看到晚星欲言又止的眼神。

喜欢的人在远处依然不说话。远处惟有风声。

在夜晚，黑色是安全的。除了流水，没有什么可以将我伤害。一切都是幸福的样子。一切都恍如隔世。

等待

等芦苇转身。等风与枯木交换呼吸。等路旁巨石，陌生人放下羁绊之心。等一支小步舞曲。

等含冰的机场露出欢颜。航站楼依然矜持，不肯主动敞开怀抱，一道道安检昭示着一贯的手语，让人心安。作为一个旅人，她刚刚卸下超重的文档和数据，而登机牌太光滑了随时有逃亡的可能，她攥紧的手心里有微微的汗。她探望过落叶之后就要访问天空，灰色的日默瓦拎着她另一个自身。

等四千公里。每一次，她和这座城市别离之前都有一种晕眩。陌生带来不安也带来悸动，这些干涸的、断裂的、颤栗的、蛊惑的，与她格格不入的，就要再一次暂别，放空着她也抽打着她。边缘化的这个西北角，每一次晕眩都无法被切肤之风宽宥。

现在，她等待一场凭风穿越。四千公里之外会与一只毛毛虫相遇？远方真的会成为远方？

当飞机就要起飞，书眉的一只蝶挡住了她秩序里的视线。

起风了。

（选自《星星诗刊》2018 年第 8 期）

暗火（节选）

弦　河

1

我所有的爱都被这片土地掩埋。

它不及一片飘落的枯叶厚重，历经生死轮回。也不及一抹深秋的稻谷，饱含收获的暖。更比不上秋天的枫叶红火。

根孤枝薄，从一开始我就在挖掘自己的坟墓。从一开始我就死了，背叛了这片土地的忠诚，信仰。背叛它的孤独。

没有人知道我死了。即使有人发现，也不敢偷偷在山坡上大喊：我是一个写诗的人。

2

我回来的时候，桃树在零落的院子甜睡。枯枝假以贞洁的名义怀孕。

成片的乌鸦掠过树林，留下的指纹来不及逃脱岁月的捕捉。

雨水假装失忆，用失足的情怀撰写碑文。我很小，指尖上的小丑，在抵达之前——

我的名字总是缺少一块，从身体处，从身体更深处脱落。不是爱，也不是恨，一种莫名的空欢。

4

涉世未深，假死的泥土经历春雨。万物得到救赎。

我所居住的城市杵着拐杖。而这片生我的土地习惯安宁，不会因为一滴雨惊异春天的怒火，也不会因为午夜不安。

黑夜有光的烈火，承载希望的灵兽肆意咆哮。

与生俱来的懦弱畏惧死亡。葬在泥土的石头不能孕育，它比一株野草更脆弱不堪。

5

我有权谴责大地的繁殖。神龟藏在岩石下，泉水掩饰破春的占卦。

风测量空气的温度，麦粒更有权说出冬天的厚。它们不是谁的归人。也不是谁的过客。这一切我要以你的方式说出。

6

这些年颠沛流离，寻找一个归宿的家。这些年与一切无关。

作为一名多愁善感，优柔寡断的诗人的皮。是的，那是一个名称的皮。

我活得多么无知。没有找到停泊的码头，也失去了回归的航线。

我确认我的麻木，该死的小偷，他偷走农民的儿子。一个农民的一生。

偷走一片云，他不知道那片云承载多少风雨后的彩虹。他不知道这些与他无关。

7

种下桃树，它的花开在故土。风声如初。

我的生命始于，桃花上的露。

还有过多的，不存在。流走的蚂蚁在秋天只啃食了苹果的一小点。

这小小的一口，注定蚂蚁的卑微。它开始，从身体到灵魂，都是卑微的。

（选自《散文诗·青年版》2018年第5期）

隐喻，抑或其他（外一章）

封期任

鸟鸣，是我蛰伏一冬的心语。

风声，是隐喻的雪，也是我燃烧的诺言。

开花、飘逸、流血……

是生命的全过程吗?

我不敢妄言，也不想妄言。

几只昆虫扛着雪花，搓揉出身体的微温，暖和土地、山岗和河流，以及，

同我相依为命的草木。

暖和死亡的爱，光顾我的门庭。

看几个行走夜路的人，背着山和几颗将要坠落的星星，穿过夜雾，从东街到西街……

踩疼了我的眼眸，以及落叶的骨骼。

一时三咳。

一咳三喘。

我咯出一滩血，染红锋利的石块。

染红的经幡，飘摇在荒野。

用一种静默的方式，等候那只远游的鸟，折返身，

带来一纸神谕，填补内心虚缺，和那些树与树、草与草残留的空隙。

打听一只秋蝉的蜕变

不想去虚拟许多空间来慰藉疲乏的心。

不想去虚幻一场雨水来冷却时空的燥热。

不想去假想沦陷的月光是否会出来朗照黯然的夜。

只想站成风的姿势，切入昼或夜的腹腔，拾掇清凉的露珠，替我说出雨的故事，释怀低迷的心情。

替我赞美季节深处的每一片飘叶，在没有遗漏的光阴，想象散章的本质，即使行将就木，也要用一半的肉身来赎回失衡的风尘。

挑水、砍柴、淘米、做饭、放牧，做一个普通的人。

像菜地里的一片菜叶，一半贴近脚下的泥土，另一半享受阳光的爱抚。

一半接近怀中的念想，另一半抵达生命的骨髓。

与山水，勾勒一枚月光。

与雀鸟，吟唱一阕宋词。

田间地角，抑或街头巷尾。借一滴寒露说一场花事，垂怜一根茅草的命运。

说说饥饿时画出的饼，或渴中仰望的梅，会不会是原味咖啡氤氲的爱情。

这一切，无关风月。

唯一有关的，就是向一阵风声打听一只秋蝉的蜕变，会不会是另一个生命的下一个轮回？

叙述起，或落。

（选自《岁月》2018年第9期）

半个母亲

赵大海

乡野苍黄，娘的半个身子，持续深陷，就要抵达东南岭父亲的隔壁。

电话里，她仅剩的几粒牙齿还在说着——风调雨顺。

而月亮的残渣混合着粉碎的秸秆猛烈地向她身上落。

她腿脚风湿的部分，咬紧牙关，每走一步都要挣脱一团泥土的根须和一个村子的狗吠。

我无力制止这一切，就像无力制止稿纸上持续下陷的夜晚和村庄。

俯下身，用力抱住娘，我多么想把她从泥土里拽出。

（选自《青岛文学》2018 年第 4 期）

琴 声（外二章）

赵克红

铮琮的琴声，发自你的指端。粒粒音符，从愈来愈响的潮音上扩散。拨开琴声的旋律，我仿佛看到涕泪的你，黄昏里，深情地为我把风灯点燃。

心之窗棂如鸟翼微微鼓开，敞开的心壁被你浓浓地渲染。伸展四肢，任琴声，循我周身抚慰我、浇灌我，亿万道温馨的金矢，融进我的血液，注入我的脉管。每一粒音符，都流淌着你的隽永、你的冥想。每一次音响，都搏动着你的期待，你的翘盼。琴键起落，锵然扣开我之心扉，躬身掬一捧，洗濯心之纤尘，涂抹干渴的心田。

恍惚间，不知你向我走来，还是我向你走去，依稀里

仿佛听到你在低语，准备行装，启程在明天！

为了一个许诺

为了一个许诺，我等待了很久，祷告了很久。

圆圆的月很温柔，我伸手掬一棒月光，一抹拂不尽的清愁——将我消瘦。

有桨声自远方飘来，打开心灵之窗，于静默中驻足，你振舟湖心，载一阕绵软情歌，洁白的裸足，轻轻敲打我的心壁，那神韵毅然占据我的情谷。

你如丝的飘带，打出明朗的旗语。如温暖亮丽的春阳，照彻心的历程。

黄昏渡着步子

黄昏渡着步子，姗姗而来。我踮着脚尖，目光一寸一寸向远方延伸。

方方正正的石板路很韵味很格律，我焦渴的企盼

一浪比一浪汹涌。当我的目光触及你，阴湿的一隅，顷刻间，被你阳光般的温馨朗照，你走进我贮满泪水的心怀，一切的话语凝成一汪深情的注视。

最忆你长发飘飞的音符，奏出青春的华彩，最忆你鬓角玉簪的烈焰，燃尽我太多的悒郁。

默默相望，删去一切寂寥，今生今世，我已无法走出这深情的一瞬。

（选自《中原散文诗》2018 年第 2 期）

格尔木

赵宏兴

我是在夜色里走进格尔木的。

站台上明亮的光，把我昏睡的眼睛一下叫醒。

隔着月台，另一列列车也停靠着，朦胧的光从一排整齐的窗口中泻出，几个晃动的身影滞重浓黑地走过。

格尔木，我少年时就在地图上凝视过，这西部荒漠上一个弱小的园，它的四周是无边的空旷。——它是我现实与梦想的边缘，只想有一天能到达这里。

夜行的列车，载着我，在这个深夜无声地走进，它怕惊醒我少年的梦境。

但是，格尔木——我努力睁大眼睛向外看，我看不到繁华都市的灯火。我伸出手指想抚摸你，眼前的玻璃阻隔了我，远处几排灯光像萍漂在温热的水面上。

格尔木，你是铁轨上的一粒星光，列车驰过，没有一丝颤抖，但却碾过了千年的时光。你在我的身后越来越远，消逝在黑夜里。

（选自 2018 年 5 月 3 日作者个人博客）

走过（三章）

郝子奇

复活的种子

写在浙江浦江“上山遗址”

那双手呢？

那双漏掉了一万年光阴，把水稻捧进陶罐的手呢？

那双手，那双分辨出野草和稻谷的手，经历过怎样的颤抖？

让稻叶成为衣衫，让稻秆成为鞋子，穿着整个稻田的祖先，只把饱满的稻谷捧起，放进陶罐，成为种子。

现在，陶罐在，陶罐里的种子还在。

那双捧着种子的手呢？

那双刨开泥土，埋葬了一切，只把种子留下来的手呢？

我是被这双手从泥土中挖出来的孩子。

万年之后，江南的浦江，上山遗址，我看到了碎开的陶罐里，已经发黑的种子，抱着必活的信心，望着不变的阳光，亮出整个大地的历史和秘密。

江南的早春。

阳光灿烂。

大地之手被阳光擦亮。

死去的，都是历史。

所有的种子，都在复活，给这个世界生生不息的蓬勃。

被梅花打开的村落

写在浙江浦江县松溪古村

一树梅花，如同一群舞动的蝴蝶，停留在古老的村庄。

早春，有风从山坡上走来，吹动着那些展翅的梅花。

淡淡的幽香，在古老的村庄弥漫，让北方远来的我，握住了江南的气息。

多么古老和安静的气息。

石头垒出的房子。石头围起的小院。石头铺出的小路。石头上那些浅浅的苔藓，不露千年的风尘，我已听到唐宋的小雨，淅淅沥沥的滴落声。或者，民国的碎步慢慢地消失在村头。

小巷里，有着历史没有走散的事物。

古戏楼。消散了，急促的锣鼓声，悠长的如泣如诉的琴弦。而被岁且抛长的水袖，还没有完全收回。倚在门窗的姑娘，在看着模糊的云层，仿佛那是比整个村庄，更大的舞台。

穿村的流水，回旋着江南的韵味。带走了浮在水面上的历史，却把村子一直搁浅在水底，任它的古老成长着现代的小鱼。

梅花，应是现代的。

此刻，它以古老的姿式打开了飞翔，带着这千年不散的村庄，在江南，与刚刚醒来的春天相遇。

千鹤湖

沉在湖底的村庄，生活着悠然的鱼群。不安分的小鲫鱼，吹着泡泡跃出水面，仿佛多年前爬上树梢，去鸟巢里掏取秘密的孩子。

流水走得更远。因为太行山的坡度，它们永远无法回到出发的故乡，仿佛迁向城市的村庄。

水岸的双塔，依旧苍老着隋时的表情。洞里的蝙蝠，守着流水带不走的夜色。这些幽灵，或许记得久远的香火前，祈福的人双手敬香的模样。

湖水里的花朵，在山坡上开着。蝴蝶的翅膀，还没有形成风暴，一些爱情的梦，散落在草丛中，等待风的到来。

起风了。云在水面上破碎。更碎的阳光，在渔船的后面散开，从网眼里漏着，被惊恐的鱼，拖向深处。这时候，只有安静的鹤，保持着翅膀的完整，她的飞，让整个湖水，看到了天空的高度。

黄昏从更高的空中落下来，和起伏的山峦抱着在水面上晃动。淡淡的薄雾从水面上起身弥漫，成为最后的风景。岸上，已经走远的人，不会知道最后的景致。没有走的人，已经永远留了下来，他们的坟和村庄一样，成为湖中的秘密。

我是知道的，天空是最大的湖。月光无声流下来，一个湖对另一个湖的拥抱。不沉的星斗，在水面上眨动，成为千鹤湖夜晚不闭的眼睛。还有一些眼睛也在睁着，它们看到，除了石缝中正在拨高的野草，所有的生灵都在梦中。

这些眼睛看到了我的孤独，也看到了山色中更为丰富的神秘，不会说出。

就像我不会说出这些带着灵魂的眼睛，它是北方最后的干净。

（选自《诗选刊》2018 年第 2 期上半月刊）

爱你，就为你披一身大雪（外二章）

草馨儿

为了迎接你的到来，我铺好画布，画一枝梅花。

九九八十一个花瓣。从冬至开始，饱蘸思念，每掰一个指头，就染一个花瓣。

只是为了在最冷的时刻与你相遇。

为了在最冷的时刻与你相遇，我虚拟了一个童话的世界。千里冰封，万里花开，每走一步，都有素馨朵朵。

素馨朵朵，只是为了与你相恋，开最美的花，为你披一身的白。

这不是任性，是爱过之后，希望能成为你最新的绿。

在暗香盈怀的地方

一滴鸟鸣，唤醒沉睡的枝丫。

我决定，以花瓣坠落的方式打开春天。

现在，正是小草返青的时候，一坡一坡的绿，因风而生动。

我等不及了，不能为了你再等下去。在嫩芽生出以前我必须坠落。

心甘情愿地坠落。

相爱的人最懂得珍重，即便没有一片花瓣，满树的绿，在你看来依然，暗香盈怀。

聆听

从花团锦簇。到落雪飘飘，我一直在这里，静静地听。

风过花枝，水袖在舞。疏影细碎，如浅笑，似歌吟。
太阳斜照，金子在晃。星光迷离，如倾述，似演奏。
每一朵花，都像你。
每一次聆听，都是一次破碎的疼痛。

（选自《大沽河》2018年第3期）

沙丘，香丘（外二章）

柳成荫

白云黄沙，苍茫入骨。忽然想起天尽头，黛玉的那座香丘。

然而，这里没有香丘，只有沙丘。没有落红，只有落日。

这里，或许湮没过一串古时的驼铃，一段游侠的剑影，一些星辰的呓语。这里，唯独诺恩吉雅的思念与泪水在岁月的尘土里，长出碧绿的长歌短调。

一座沙丘。一座沙丘，翻越高亢苍凉的歌声，找回了那个宁静的早晨。可是，在天尽头，我依然找不回那座香丘。

我只看到，那些曾被掩盖的脚步，还在人世间悄悄行走着。

（选自 2018 年 12 月 30 日“散文诗周刊”微信公众号）

万佛塔

如一高僧，禅定于层峦叠翠中。赤色袈裟，灿若莲花。

草木枯而又荣，木鱼夜以继日。千百次轮回，你已成清风、明月、朝露、云彩的一部分。

山下，田圃碧绿，鸡犬相闻。层楼群起，栉比鳞次。

回望人间，世界已殊。

当万家灯火点燃，应比莲峰明月更亮。

传 说

石，不知始于何时，与海为伴。

相依相守，相争相斗。不知是海塑造了石，还是石成就了海。

直至一个传说随风诞生，使每一块石头、每一棵石莲也因此成为传说。

水鸟想说话，石头缝里的泉水想说话，远处的灯塔也想说话。

只有观音阁的佛灯，默默地发着光，默默地谛听着。

（选自 2018 年 11 月 30 日《湛江科技报》）

初渡海峡

钟　宇

厦门往金门。如鱼，从已知游向未知。浪花的抬头，已经猜到我的恐慌。周围是一片陌生的水域，我的体表渐变着水的温差。

然后，云端的俯视，比一味的遐想更为真实。我的心被一种空阔的蓝托载，向未知慢慢地靠近。

阳光充足，渗透风的内部，白云暂且躲进水里。椰子树的高挑，蝴蝶兰的艳丽，还有海檬果的碧绿，泄露了地理的秘密。时尚的台语歌曲，即刻沦为乡土。

我的内心，怎么会有受欢迎的愿望？既然没有欢迎的态度，那么，也请不要有婉言的拒绝！

什么也没有表示，也没有任何的打扰，自由飘荡在空中，舒适渲染在鼾声里。

车的速度，恰到好处；人的距离，恰到好处；微笑的程度，恰到好处；可是，海峡之间的愁云，忽淡忽浓。

（选自《散文诗》2019 年第 1 期上半月刊）

翰嘎利湖（外一章）

香　奴

1. 这是明镜，但不高悬。

它甚至低于一切来龙去脉，照见勇往直前、迂回转折，也照见逃遁无形，隐匿和消失，总之，我所不知的过去和未来，翰嘎利湖都以倒影明示于风。

六月才刚刚开始，我知道代钦塔拉的沙丘，距离水草丰茂还有些时日；翰嘎利湖里还没有足够的暖，给那些荒芜之心和裸露的脚踝。

翰嘎利湖上空的浮云，无论形影孤单还是成群结队，都那么美，而我却面露恐惧，真怕风带着水气，三五个回合就把我推向岸，也怕摔倒后，泥沙嘲笑我，裙角的白，过于单纯。

我也怕转身离去，记不得哪一部分绿意葱茏，哪一部分青黄不接。

2. 对着翰嘎利湖说爱我的人，不止一次地说过，他要回到远方。倘若时间静止，但说无妨。

翰嘎利湖里有鱼儿穿梭，跳跃，交叠，失散……传说鱼儿的记忆只有七秒，岸上的人不要妄谈重逢，时间只够郑重地说一次，我爱你。再重复一次，爱，就落入了别人的怀中。

两千七百年，翰嘎利湖水底淤积了多少爱的表达，沉沙，水草，诱饵与银钩，鱼儿们接受了七秒钟的短暂与离别的漫长，水底定有人类无法破译的动情歌唱，也有沉沙深处被埋藏的只言片语，长成斑斓的植物。

3. 满腹鱼儿的湖水，孕妇一般温情，沉静，享受阳光普照，暴风骤雨也照收不误。

代钦塔拉人在此代代相传守住湖水的法宝，草原与湖水的后裔具有明显的标记：心胸宽广。目光清澈。

甚至他们遗传了丹顶鹤和白鹳的歌舞，裁云朵为哈达，敬献给远方。

霍林河自此东去，翰嘎利湖的眺望，在远方千折百回。

也有长久的驻守者，在翰嘎利湖岸上，霍林河转弯的地方，古老的蒙古黄榆、白杨，年轻的桑木、红柳，在浩淼与荒凉里，草木都被冠以彩色的姓名。

对着翰嘎利湖水说爱的人，一去不返。

表白

这一生我羞于，如此这般。迎面而来的，我就把嘴唇藏在绿苹果后面。

哎呀呀，秋天和春天都是青青的，一开口，那么酸。

你也别说出口，我们就在这间安静的小屋里，坐着。黄昏日暮我们各自望各自的苍山。

爱情到底是什么呢？就好像此前我们已经共度过一生，而今生所剩无几了，你一定是我丢失的那一部分，我像难民一样逃避过的枪林弹雨。

那么众多的表白，肯定会有一些砸中我的额头，留下吻和疤痕。东躲西藏的都在这里了，柴米油盐、酸甜苦辣、悲喜交加。

我们一小杯一小杯地倾诉并且把一大笔过往就此销毁，山雨欲来就来吧！天色将晚就晚吧！春宵还未走远我们就追吧！

追着上山，追着从山顶滑下来这快乐！多像不着痕迹的深渊，如果，你也这样！我决定就这样攀缘着，我为你放弃，长久以来，我要成为一棵橡树的理想。

如果，你也这样对我表白。

（选自《核桃源》2018 年第 5 期）

紫砂壶

秋　窗

一缕古韵，叮咚明清的溪水。在宜兴的桥头上，左手执词，右手举杯，怀揽一腔秋水。更遥远以前的书生啊，曾几何时，无法再近距离看你。你行走在那线装古卷的深处，打开的每一阙如窗，镶嵌我默念已久的心事。

可知晓，我如沸水般的滚动，并不是岁月的偶然。在云南以南的山上，在那名叫普洱的乔木上，我常年梳月光伤杯，酌清风吟唱。我舒枝展叶，憔悴为茶，一杯无法明朗的清苦，四野飘零，收拢不进你的陶器，靠拢不到你的唇边。我如茶的含蓄，如水的模样，摇晃在一个陶碗上，雕刻不进你的黑夜。

紫砂是印记，轻轻一吻，穿透记忆，穿透风雨。在宜兴的街头，流浪了几个世纪？高举尘土，煎熬心火，为爱终成我今生收藏的宝器，在我如秋的寂寞里，捧你在手心。

旷世的寻觅，都是为履约而来，在南方，在宜兴，在我们相约的小桥头，再也不说离散了。

（选自《青岛文学》2018 年第 3 期）

那盏灯火

段新强

那盏灯火还在坚持着。

那盏灯火还在替那些人坚持着。那盏灯火仿佛要用自己微弱但却炙热的心，把整个黑夜的灯油，熬尽……

它从黑暗里救出时间，救出灰尘，救出劳累……救出自己，甚至那些忙碌着的人，也是它从黑暗里救出来的几粒光。

可能它是夕阳脸颊上掉落的一粒汗珠，是飞累了翅膀的一颗星星，也可能是无数双眼睛眯起来的一小块黎明。整个黑夜，则是它推不开的巨大的身影，像无声的大海，一次次缩小包围——它随时会沉入自己的命运里……一不小心，它就被一阵不动声色的风，吹得缩了一下身子，漏出了一丝生活有些单薄的凉……

哦，被一群人举到头顶上的那盏灯火，是漫漫长夜里一块醒着的伤口，孤单，敏感，执着，令整个大地因为它，而彻夜难眠……

（选自《岷河诗刊》2018 年秋卷）

月塘墈（组章）

皇　泯

月塘墈

我的家乡，在月塘墈
三尺低的屋檐，三寸高的门槛
躬身，才不会碰破头
抬高脚步，才不会绊倒道路

感情仍在扪心咳嗽

那一罐药渣，煎熬三次后，泼在麻石巷道上，月塘墈人踩了又踩

理智的中草药失效，感情仍在扪心咳嗽
老中医用尽了传统的秘方，也治不好年轻人时髦的病

肯定遗失了什么

月塘墈的铁麻绞门搭子，不见了
月塘墈的铜叶子锁，成古董文物了
防盗门装在木门框里
木门框完好无损，防盗门被撬了
遗失了什么呢
户主翻箱倒柜，不知遗失了什么
月塘墈人异口同声，肯定遗失了什么

我就是月塘塆上那棵老柳树

月塘塆上那棵柳树老了
树叶枯萎树皮枯黑树枝枯断
枯叶落了长出芽苞，呈现稚嫩的绿
枯皮剥落露出嫩肉，有点生长的痒
枯枝折断，抽出新枝
我就是月塘塆上那棵老柳树
我已老了，还没来得及彻底老去

（选自《诗刊》2018 年第 8 期上半月版）

幽深之花（三章）

洪　放

打开

天空被高大的青色的栾树花打开。

南方之秋。流水从第三十年的菖蒲叶尖上流过，气息里有种隐约的辛辣。夏季的那份热烈似乎还沁在植物与水流之上。或许到了另一个夏季，它们会重新醒来。万事万物，从来没有绝对地逝去。

栾树在整个春天、夏天，沉默而温婉。而到了秋天，刚刚入秋。栾树一下子拔节。如同十二三岁的女孩子，目光一下子从向着脚尖，猛然抬头直视你的眼睛。那一瞬间，一场忽然到来的秋雨，解释了这一切。秋雨之前的闪电，解释了这一切。

被打开的绝不仅仅是天空。还有星辰。还有从这个季节开始的苦乐参半的人生。

栾树对于南方这个小村子，这个叫栀子沟的小村子，永远都是外来者。因此，它的花，它的隐约，从来没有成为人们唇边的语言。而当栀子沟消失，大片的高层建筑攻打南方的天空时，它青葱地拱出胸脯。它明媚而含着几许羞怯的坚定，使它成为高处的另一种流水，另一种菖蒲，另一种秋天的高远的存在。

回到秋天，我最喜欢的一个词是“高远”。另外一个词是“寂寥”。其实都有走向寂灭前的悲壮与决绝。栾树也是。要看栾树的花，非得站到高处。栾树的花从所有的树丛中突现出来。栾树的花铺在天空之上，那一刻，我想到一位诗人的诗：

它们——我是说那些树木，那些树木上的花朵

它们——把时间藏在深处

最后，成为天空的一部分！

丁香

很多植物，包括很多出现在我们诗文中的植物，事实上我们从未见过。它们只是一个名词，一个名称，一个知识。因之，它们并不能真正地含有植物的芬芳。比如丁香。

中秋前，丁香结果。果实很小，青中带黄。

再早些，丁香花开正盛。没有雨的丁香花，在阳光下更见动人。而更多人被那句“雨打丁香”给蒙骗了。雨打的只是诗人自己的丁香，是他心里的丁香。而后来者所见，却已经非彼丁香。佛说：万物皆自现。所谓自现，其实正是每个个体内心的自然呈现。

我从前住的南方乡下，地处江淮之间，很多年来不曾有过丁香。丁香来到这里，也无非就是二三十年的事情。丁香并没能成为乡村的花，也没有成为普通人家庭院里的花。它更多成了城市中的花，公园里的花，小区里的花，那些臆想者在诗句里栽植的花。

所有植物，只要有一个“静”字，我便无由地喜欢。山间的蕨，井壁上的苔，颓墙上的薜荔，水塔边的构树，墓园里的古柏……丁香的静，在于她的细小，在于她的纤柔，在于她的慎默，在于她的忽然凋零，在于她的忽然结果，在于她的忽然隐身。

有一年，在丁香树的旁边，我看见了另一种植物。它们身形相近，但表皮有所不同。一个光滑，一个相对粗糙。春尽夏至，两棵树相继发叶。盛夏，丁香开花。另一棵树却不动声色。初秋，丁香结果，另一棵树花开绵延。那是紫薇。人们将紫微与丁香嫁接到同一株母本上，因此她们成了姐妹树。年龄与时间上的差异，就在花开与果实之间。也因为这差异，她们的美，便次第绽放。在黄昏时，我喜欢站在这树下。我闻见的花香，绝不仅仅是丁香，也不仅仅是紫薇，而是这一对南方大地上彼此相信的姐妹！

合欢

看花要看时段。最好的时段看最好的花，过了或者早了，都不宜。即使看了，花也不是真实的最好的花。一年四季，一日晨昏，都有适宜的可看的花。比如荷花，最好在清晨看，滴露之荷，最为动人；再如梅花，须在雪霁之午后看。雪仍在，天正午，梅瘦劲挺，清气始发。再如桃花，须在上午八九点钟看。此时天光正青春年少，地气萌动，桃花最为妖冶。

合欢却只适合于黄昏看。

黄昏之时，合欢便有了阔大的漾动。

（选自 2018 年 12 月 9 日《解放日报》）

城市另外的样子（三章）

语　伞

楼群

设计图纸凌空展开——依次矗立魔术师的手、帽子、幻影、超感应力……楼群拈花而笑，如神迹驾临于城市，到处寻找无处安身的人。

我听见一阵敲门的声响，又仿佛无数的门窗挤在潜意识里奔跑，花事获得足够的孤独，生活和社会关系被放逐，顺从流水的还有砖头、水泥、玻璃以及不锈钢的坚持……

皓月一枚，不照王维的山居，银光散尽只为目睹鳞次栉比的高楼盛景。

这些可使斗转星移的楼群，是怎样的包罗万象？——心说八卦阵。脑画太极图。腹藏鬼谷子的生意经。脸上满溢先贤教化过的语录。

而位列云雾深处的仙班，是否也曾有过它们一样的眼神？

有人凭空建造它们，在它们的意象里根植果园，摘下一只苹果便拥有一间房子，装满一筐水蜜桃的下午，二十四史的哀愁都不见了——

政府、银行、超市、医院……我只是多了几颗人造心脏，来记录立命的完整细节。

那些闲逸的相见欢，我们用来装修未知，布置生死的微妙与离奇。

音乐厅

先于耳朵洗净天上的乌云。

先于曲谱流动起来，使车来人往生出漩涡之美。

先于等待的前后，捕捉夜色的降临，准时迎接一个黑袍子里装满乐器的夜晚。

去见这位城市的艺术大师——音乐厅，春风沉醉你就喝一杯酒，秋风晚来急你就把十指连心的双手放在脸上。他有木质结构的旷远的空谷之音，你可以一言不发，把夜和曲子分开，把曲和调子分开，再从永叹调里过滤掉灰色的叹息。

身边的陌生人，正在遗忘纷繁复杂的表情。朝着同一个方向，又仿佛不是同一个方向，悬置相互都听不见的声音。此刻，这个世界谁听得见我，我听得见谁，模糊，或清晰，前后左右望一望，答案属于未知就好。前后左右的人，像一座山就好，是一片海就好，眼神如危崖，上面有一棵树就好。

小提琴来了，长笛来了，萨克管来了，钢琴来了，锣鼓、唢呐、二胡也来了……你不拥抱他们，你就不能回到自己。你不回到自己，就无法被万物围绕。音乐顺着暴雨飘下来，你坐在光滑的木椅上，混响像精确的节气，比汉语还鬼魅的和声，充满了整个音乐厅。

但是，抱歉了大师，我在倾听世界的微笑和时间的毁灭。

电影院

一群猎奇者，从浪潮涌动的人海里逃上岸。

黑眼珠里，倒映着长廊绘制的迷宫。

一个另外的星球——电影院：这制造陌生想象的，有着深呼吸的隐秘角落，足以掏空我们一切真实。

“这是一座活着的城堡。”

我们坐下。

“每一个出口都是错误的。”

靠背椅上的剧情，蔓延至我们的身体。

观众消失。演员消失。角色消失。

我们像穿梭在，被密封的白昼，被软禁的夜晚。

我们是迷路的人。

不必担心，恰恰是迷路，巧妙地安慰了我们。

我们无法断定位置和方向，恰恰是迷路，让我们躲过了荆棘和真相，避免了走向无路可逃的悬崖。

一切正如我们所见：结局是完美的。

走出电影院，我们的手，还是可以伸向天空。

（选自《中国诗人》2018年第3期）

加冕的岁月

姚　园

且让我闭上双眸，

出神于茉莉花开的世界。虽然我知道即便伸出双手，也全然触摸不了一瓣芳香。

尽管她离我是那么近，近得仿佛只需一缕气息，就会吹走依附在她枝桠上每朵不经意的光。

我下意识后退半步，许她空间也正是给自己“留白”啊。

何况我踮不踮起脚尖趋前，她都在窗台一隅。十二年前在花店与她相遇的刹那，拉开的不仅是我们缘分的序幕。我把她抱回家里，如同抱回一个心爱的“孩子”。

我用一种“放养”还她自由，她却不断以袅绕的馥郁款款回报。

让我一度露出羞愧的红颊。

那洁白含香的花冠，加冕的岂只是我寂静的岁月？

由此，我似乎才恍然任何一阙花香的成分，不是园艺师的匠心独具，而是来自心田剔透的感恩与被感恩。

（选自《春风文艺》2018 年第 4 期）

水做的墓碑

耿永红

一

每年每月每日。把一个名字从水里打捞出来。它本性未改，棱角分明。

凝视它水质的心。在尘世的舌尖，被煎煮烹炸。有人披兽衣，说人话，拖着长长的尾巴。哦，庙堂之上的峨冠紫衣者，一瞬间矮了下去，整个庙堂黑了。

整个人间黑了。

生前事，身后名。

他活在粽子的醇香里。热爱五谷的生民，愿把唇角的粮食，献给一个傲岸的背影。

怎样热爱一个人？他掀起一场灵魂革命。你要把眼里的星光给他，把枝头的花朵赠他，把鸟鸣给他，把晴空给他，把这个日子，所有闪烁，会发光的事物。

给他。唯有他，是这个日子所有荣光的主宰。

二

有人用石头做墓碑。试图不朽。有人用云彩做墓碑，让飞鸟吟诵。有人用血肉做墓碑，化为大地的一部分。

而他，终其一生，建造了一座水里的墓碑。

可掩衣袖长太息。可以不再看见尘世的污浊与人心漆黑。

有人向水里跪拜。有人悲怆地歌唱，曲不成曲，调不成调。

浮萍在江里飘浮，游鱼在水里安居乐业。一座水里的墓碑，扎根在人心深处。请呼唤一个名字，请载歌载舞，请将一个故事再次深情地打捞，请在老祖母缓慢的诉说里，凝视一个人的履迹，一个高洁的身影，化身千亿。

被光阴缅怀。

三

喊出一个人的名字。

有洁白的云霓飞升。它拂过一切阴霾，把悲悯的晨曦，书写在黎明的额头。有崭新的露珠，映射出晶莹的泪光。有朝霞，将黑暗猛然劈开！

腕戴五彩丝线的孩子。颈戴香包的孩子。喝雄黄酒的恋人。门前点燃艾草的人。

都是一个名字带来的福祉。

面对一条大江，抑或一条大河。浪花都是形容词。一个人的面容浮浮沉沉。再面对一页丹青，说出澎湃的爱，说出缄默的痛。

看它波澜不惊的表情下，掩藏着惊心动魄的秘密。

四

总有光芒出现，在最黑暗的时刻。

尽管人性的丑恶，时常会种出恶毒的罂粟花。

历史的伤口，有血汩汩流淌。你要向挑担的行人，问声好；向落魄的书生，祝平安。还要向路过的蜂蝶，圈棚里的牛羊。那不止是墨香里的故事，还流传在竹篱茅舍，远海深山。

你要向稚嫩的幼童微笑，看他清澈的眼睛里，有生命本原的澄澈。没有腾空的雏鹰，未及长出的幼苗，还未射出的箭簇，都在蓄势待发。

果实源于花朵，草木源于土地。

爱归于爱。人间充满希望。

（选自《星星·散文诗》2018 年第 8 期）

背 负（外三章）

耿林莽

当黄昏进入

茫茫的草原，每一片叶子感知瑟瑟的寒。阴影随风，完成了快速的占领，

世界正一点点暗了下去。

背负：蓬松松的草萎，背负在你瘦瘦的肩，

草原上的弱女子，风吹你额前的短发，一如草羽。

夕阳依依，为你披一袭浅红的薄衫。

（似还有点冉冉未熄的余温）

穿越：野树林子为你铺下幽深的长廊，叶子们窸窸索索，谁也不敢大声说话。

当你进入，浅红色薄衫已褪成贫血的苍白，随即被幽深的树影染黑。

然后是小巷的残墙断壁，然后是石板缝的荒草萋萋，当你推开低矮的木栅栏门，黄昏已布满了你的小院。

卸下草萎，像是卸下了沉重的草原，

这时候，黄昏已被浓浓的夜色吞噬，沉入深渊。

背负，你只能背负，你无可逃脱。

点起灯来么？哦，不！

拨通手机，声音穿越黑暗，流向地球彼端。

密西西比河岸，此刻正是晨曦，浅绿色草坪上，一个蓝眼小男孩，迎着佛晓的风，在放牧他的白鹅。

水之梦

雨，一尘不染的雨，你的光滑的肉体，寓坚硬于柔软，浑圆。语言在空中被风吹散，只留下这小小的泡沫，坠落于水，宛若一梦。

水之梦，跃动的波纹历历可数，却又
难以追踪。
不是鱼的喁喁私语，也不是他们交欢时的气息吞吐，是比呼吸还轻微的自言自语，是记忆的漫游，
一粒如梦的雨，记下了历史上的漫天阴霾。

一日狂风，天黑时加剧，
岸边古塔，钟声被风吹断，黑影跌落于水，青铜哑默。
这时候，有人在吹箫，箫声幽幽，时断时续。
看不见吹箫人的脸，也看不见他的满头狂发。
水面上，惟此淡淡的箫，幽灵般悠然漂泊。
淡淡的箫，牵引着水之梦，一点点逐波而去，飘远，飘远。
一尾鱼和另一尾鱼，紧紧地追随
在后。

“是我”

“是我”。你说，
声音轻微柔和。却是一种“力”，力度饱满。
一粒铜豌豆，弹跳，弹跳响而脆，
煮不烂，嚼不碎：
“我是我自己”，你说。

高山险壁，万丈危崖之巅，惟你一人，岿然而立。

“力哟，力哟，力哟！”你在唸着沫若诗篇：

立在地球边上呼号！

雄姿英发，你以两手掐腰，目光炯炯地，闪烁。

朝阳初升，强烈的光照，投射于你，一座

青铜之塑。

闪现着青铜的光辉，却比他更为圆润，温暖。

胸肌丰满，两座匍伏的小山丘，之间，汗水盈盈地，一条沟壑。

朝阳之光，勾勒出一个男子汉理直气壮，赫然呈现的

全裸。

一阵风掠过，那木然的沉睡骤然醒苏。

十七岁男子汉的孤峰，乃有了一次雄伟的高悬。

这孤峰，启示录般，让你猛悟到自己，古往今来，悠悠万世，谁与我雷同，谁与我相似?

莽莽人世间，我是唯一，无法克隆，不可复制。

于是你无比自豪，无限自信地，说出了这两个字“是我！”

“是我！”两个字斩钉截铁，掷地有声。

“我是我自己”，你说。

不是

大树上的喇叭筒，

机器中的螺丝钉，

麦田里的稻草人，

更不是俯首帖耳，唯唯诺诺的

一只小爬虫。

你的南方

—我读陈东东

雄鸡一唱，唱醒了你的南方，离天三尺三的山谷，有一处茶座为你而设，你在那里吮吸，吸取阳光中弹得出水来的润湿，这时候，传来了寺院里早课的晨钟。

你写道：

“晨钟孤单”。四个字，捕捉到佛门的清幽，和人类的

空茫与寂寞。

杏花、春雨、江南，杏花雨是淡雅素净的农家女子，不撑一把伞，就这样从早春的田野姗姗而来。梅子黄时雨，就苍老了许多，裹摄着一点淡淡的忧郁，而你这里的雨，又呈现出别一样的风姿：

“我打开屋门，看见几滴雨

从卵石间跳开。”

何等地轻松，悠闲。细雨疏疏，似灰雀儿跳跃的脚步，似落花点点，悄然而来，飘然而去，与世无争的随意和自由。

井是记忆，井是家园，井是飘渺的乡愁中浓浓的一滴。

井在南方，城市和乡村小小石栏围住的那一潭深水，一面阴郁的镜子，一座时间的深渊，谁走到那里，都不忍挪开脚步。

“飞鸟的影子残留于井底，

时间之书一页页散落。”

飞鸟的影子其实就是时间的影子，掠过如落花，然后便是默默无声地沉没。

你留给我们的，是挥之不去的惆怅，与一缕

惆怅与忧思。

注：文中所引诗句，摘自陈东东的诗篇《旧地》与《入梅》。

（选自《散文诗》2018 年第 1 期）

大地神灯（节选）

耿　翔

1

在疼痛逃离的伤口上。

只要有一粒盐，带着阳光勇敢地浸入，痉挛，就会降临身体的每一个部位。

而在生活中，我应该知道，陪伴着我，一直受伤的肌肤，已经失去了多年携带在身体里的野性。我的羞愧，不是难当，不是在接近一个人的路上，伤口，还会遭遇比起一粒盐，更痛的浸入。

我的羞愧，来自深不见底，又软弱得不敢抬头，逼近一个人的目光。

在逃离所有疼痛的伤口上，我要你成为一粒，浸入我生命的盐。因为此刻，没有钻心的疼痛，我接近衰亡的心就会突然死去。

这个时候，一个女人，就是世界的解药。

就是一粒盐，带着一束冷光，从伤口之上把我救活。

2

你说，牵一匹马回家吧。

我受伤的身体，能否在马背上，和你一起颠簸过这万卷江山？低头在，所有因你而美丽的河流上，我和一匹马正在你柔软得，可以融化铁蹄的心里，沿河奔流。

而流落在河床上，我的汗水带着我身体里，有你的血液时刻敷化过的伤痛，正在抵达你的美丽。

我的汗水，流落进我背叛过的家乡，能否让一个，宽容过我的村子，再一次为我回头。

我想，谁会牵我回家呢？

3

有人翻过，故乡的山岗，却在陌生的地方放马。

有人扛着，天空的云朵，却在无雨的早晨醒来。

有人收好，一年的粮食，却在饥饿的城里流浪。

我的身体，因为受着伤，只好在你的心里睡去。

4

没有一匹马能驮着我，也驮着我的饥饿，离开一个叫马坊的地方。

由于饥饿，我的目光可以强烈地，越过一个女子很美丽地走动。田野上，有一束野菜的光芒闪烁。我逃离五谷的胃里，就会升起，活命者的旗帜。

爱情遭遇野菜，爱情，一定比野菜还贱。

那个时候，你没有出现，没有带着一身美丽，在我的饥饿中，像一粒有着很多故事的粮食出现。后来的日子，有重要的细节，不是与你无关，而是灾难没有击倒我的同时，再伤着你。

你就是一匹，能驮着我收拾苦难的马。

饥饿过后，我们如果还有爱情。

5

很多时候，我像一只蚂蚁。

我在乡村，沿着墙根穿行。

一切都在头顶。就像太阳，就像月亮。但我很少感到，被一束光芒照耀。很多时候，我被脚步或车轮，逼近死亡。而背在身上，山一样的麦梱，在七月的原野上，压着一个穷人的成长。

我像一只蚂蚁，头顶大地上的万物。

而一棵野草，一棵在我，挥出的镰刀下死和不死的野草，与神的距离，也比我近，也比我近。陷在大地纵横的裂纹里，我的命运，只有冒死穿越。

也只有你，能看见我并且懂得，一只蚂蚁的穿越，留下什么。

6

不在高山上行走，也不在河水里奔流。

你走过的地方，就是最高远的山峰；你流过的地方，就是最宽大的河流。而你完整得，有如神器一样的身体，就是让我写满诗篇的山水。

一篇写罢，世界落雪。

再写，大地也陪我流泪。

就在你，神器一样的身体上，写神的诗篇。

（选自《散文诗》2018 年第 5 期）

落叶下，永恒的风景

夏　寒

秋末，没有一只鸟，落到我绿荫里。

季节的末端肆意生长空旷，我的绿荫，在秋末的黄昏已经消失殆尽。

空旷里，荡着回声。

回声里，那种久别的声音，似乎填满了秋季的缝隙。

白桦叶子落去。

一缕偷偷挤进来的月光，在黑土地上不断思索：一个秋季与另一个秋季，不断叠加的厚度，能否掩盖曾经？能否掩盖星辉？能否掩盖曾经花开的日子？

层层叠叠的落叶，在森林里制定一种规则。

一千簇草，一万枝花，在日思夜念中思索春天的故事，那些红的粉的白的紫的花，心甘情愿地在黄昏里在黑夜里在寒冬里泅渡。

其实，我不必去欣赏那些春天的色彩。没有色彩的色彩，在岁月里将会沉淀成永恒的风景。

永恒的风景，停留在岁月的深处，蓄积春秋冬夏，寻觅时空留下的划痕。

当灵魂洞开，半梦半醒，再洞察世界，亚当和夏娃说不定就是你和她幻化出的身影！

那些过往，在瞳孔里，简短地表达星空与大地的爱恋。

刹那间，草长莺飞占据秋末的全部思绪。

梦，坐在岁月之上。在一层层落叶下，深深地吮吸春天。

那些残存的绿色，被激发出一种强烈的怀想，不死的魂灵在默默地歌唱。

即便在无月的夜晚，也一定随夜莺去解读哪个人荒芜的原野。

而那些残存的绿色，存在的惟一寓意，是刻骨铭心地挣扎，只为从黑夜抵达黎明。

透过残留，清风拂过，抽出一根根相思，漫长的冬季在花蕊里定居。

（选自《散文诗精选》2018 年第 11 期）

学会把天空打开（节选）

晓　林

1. 一只鹭鸶，歪着头，侧目看着自己无奈的影子。当它举步，并沿着病弱的河流，打开蓑羽，掠过倒伏的芦苇，它已偏离了河流的方向。

2. 一条河先是在城市的旁边，后来就在城市的中间了。再后来，它是这座城市一根不断发出响声的扁担。

3. 一头牛只有在它们耕种的土地上，才能被局部地夸大——清早山岗上凸现的两只牛角，或者落日下面一道鞭影般的脊背。

4. 母亲，当一群麻雀的叫声，变得和一座贫穷的村庄一样大小，它们早已一起沿着缓慢抬起的炊烟，回到祖辈的天空里。那些年，我从未看见一只死于饥饿的麻雀，就像我看见母亲在心酸的时候，总会背过身去。

5. 有一种鸟儿拒绝姓氏。它用翅膀为人类创造了和谐号高铁，用最自然的鸣叫，让每个日子呈现出彩虹一样的弧度。它有时只存在于我们的想象中，像在后台工作的一个软件。它把我们身上的垃圾，一次次清理，为我们的人生加速。

6. 一只鸟的枯骨，还呈现着持续的飞翔。它用鲜活的死，来复活自己抽象的生。只要天空还在，一只鸟儿的骸骨，就会真实地飞过。

7. 一只蟋蟀觉得，星光是适合的。大野苍茫，它在卑微的琴弦上，让一颗心的伤痛，由细微渐入寥廓。那人是谁？譬如草木的影子，因了低处的琴声，被风儿慢慢移至星斗的阑干下面。

8. 一只蚂蚁的原罪在于，它必须服完此生的苦役。它小小的尸体，竟被另一只，背在身上，返乡。

（选自 2018 年 1 月 28 日《伊犁晚报．天马散文诗》）

驼铃的追寻（外一章）

倪俊宇

绵长的蹄印，被折叠的风雪拧成纤绳。总要穿过沉夜的冷寂，系住黎明的曦光。

驼峰上，绽开沙涛与夕光的嘶鸣……

峻嶒的骨架，支撑起茫茫瀚海的黄昏一角天。

跋涉的脚步，沉重地融进一声声鹰啸里。

是哪一阵漠风牵动驼铃，去追寻那丝绸古道？

一爿古寺。雕廊前，变换锦衣裘帽、彩饰腰刀。一群石窟。佛像旁，靓丽妖娆壁画、飞天霓裳……

许多故事在朔风沙尘中飘落，许多故事又在阑珊灯火中诞生。

走不完的烽燧台，过不尽的古关口。

这铃声，是照亮欢欣，也照亮愁苦的漂泊灯盏。

望断长空雁唳。听，有汉风唐韵，自琵琶弦上荡起，飘洒出一路柳风花语……

观窟里壁画

我听到西域的古曲，绕着夕光，荡响。

有飘带拂过我的鬓发。

风吹动袍袂。斑驳的，是佛语，还是岁月？

琵琶的响弦，卧成颤动的地平线。

梵音剥落。篝火灼醒寒夜。灰烬处，升起微熹的亮。

笙歌追着日影，向西。我愿是，一枚驼铃……

（选自《绿风》2018 年第 1 期）

问山（外三章）

徐　庶

摩围山，怎么不一次把迎春花、苦菜花、油菜花、忍冬花……所有属于人间美好的花朵都拧亮？

怎么如此羞羞答答？非要一季开一簇？让它们开吧，我的花期还没来。

摩围山，怎么不一次就端出藏了四季的桑椹、李子、杏子、橘子？

我不杀生，改吃果。让我彻底吃醉一回，最好下山不知归途。

摩围山，怎么不一次把鸟儿都放出来？

叫它们别八舌七嘴了，它们要说，就把话说完，把人间那些叽叽喳喳都说了。

我，从此闭嘴。

山与云

云，是给姑娘一声情歌吓飞的山；

山，是坐下来歇脚的一朵云。

来这里，我有吐雾吞云的野心。要做一头狮子，猛犸，象王。想想，拥万顷江山也没用，

得卸下雨水和包袱，到云里去。做一朵云，或者踏上一朵云。

养马，劈云，就是王。当所有的翅膀都蘑菇一样，心湿重重的时候，那个当初唱歌的姑娘一声吆喝。

此刻，得回到石屋里去，看看。喔，她就是脸上长满炊烟的母亲。

拐 弯

摩围山的石头，有匍匐的筋骨。

它们趴下来，绕成七弯八拐，水就顺了。

我不知道，怎样把一段高八度的长宴情歌，折成一截顺风顺水的爱情。

我也不知道，怎样让一首诗，在情到深处转个小弯，像对着天空扔一块悄无声息砸漏雨脚的石头。

有话，不说

山上，长云朵，也长羊群。

我甚至不明白，羊，就是眨眼间跑丢的一朵云。

它们有一张巧嘴，专捡最白的云吃。不像牛，一生只顾埋头。它一抬头，天就亮了。

而我们这些闯进晨光，品头论足的人，仿佛一生纠结雨水的一朵乌云。

在这里，我多想和羊换一张吃草的嘴啊。

有话，不说，真好。

（选自《星星·散文诗》2018 年第 6 期）

风从故乡来（外二章）

徐春芳

风从故乡来，吹动我惘然的心。

一朵油菜花里，藏着我的故乡。

一条山道弯弯，走着我的童年。

阳光把黑黝黝的屋瓦打磨得发亮。吐绿的树木在祈祷，痛楚的微光在天空里自然愈合，如云朵溶解在脚下的溪水里。

燕子来了，衔来啾啁于田野的春光。

果子红了，有我脸上怀春的颜色。

杜鹃盛开，朗诵着被她抱在怀里的三月；蔷薇轻舞，衣袂摇晃着豆蔻的年华。

几声鸟鸣，滚落了寂静处珠玉的心跳；几点细雨，轻缝着漂泊者褴褛的衣袍。

风中传来你呼吸的余香。握在我掌心里的，是你世代相传的晚钟的声响，镀上了遗忘的锈迹的声响。

走过的脚印，开出了蓝盈盈的野花。丢下的笑语，游出了白亮亮的银鱼。

深藏山里的村庄，鸟巢点亮我回眸的路。新鲜如昨夜，母亲为我整理行装而燃起的灯火。

在都市的大街上，不断翻版的街角，已找不到从前的身影；追逐香车宝马的人群，只有复印的烦恼，在展示俗世的轮回。切割掉故乡的脐带，我的孤独在这个世界里化脓。

无法回家的灵魂，像一颗颗流星，闪烁在深渊一样的暗夜里。

我的云游，被一阵风拨动，直抵悬崖上的空空。

桃花扇

几朵桃花，灼灼盛开。

一声叹息，慢慢熄灭。

一柄血光闪闪的宝刀，剖开历史病入膏肓的肿瘤。

一曲燕子依然的春风，谱写暖夜纸醉金迷的灵魂。

是谁粉墨登场，扮演白脸和红脸?

是谁心如红叶，让风霜打磨出更加动人的颜色?

是谁长歌当哭，埋葬柔肠寸断的时光?

正义望风披靡。人民颠沛流离。

胡虏杀人如麻。诗歌苟且偷生。

英雄穷途末路，如残阳的光线摇晃着马尾。

美人古佛青灯，成寂寞尘埃落满的空房子。

你在哪里？那回眸里放飞的蝴蝶。

你在哪里？那朱唇轻启时的离歌。

多年后，一捆捆尸骨如稻把，在大地上垒起苍茫悲歌。

多年后，一颗颗汉字如胭脂，在尘缘里描画相依形影。

故事已成掩卷，你眼泪里空空的良宵。

世事一局残棋，我落子的手撼动江山。

一声叹息。美人的脸如正在西沉的圆月。

几朵桃花。碧血的火焰点染故国的眷恋。

天空的皮肤

天空的皮肤多么寒冷。

一片被剖成半个的月亮，是我孤独的灵魂。

在世间，我的寂寞是花自开自落，自恋自赏，直到变成贫血的灰颜色。

在世间，我所有的祈祷，声声慢板，比不上一只穿越万水千山的青鸟。

欣赏是一支热烈的长歌。风在草叶的呼吸里颤抖，蝴蝶的翅膀在阳光下闪耀，仿佛穿越在一个美梦里。

无端心绪，柳絮飞，正缠绵。

锦瑟华年，弦已断，不可弹。

蓬头垢面的词语，需要浸泡华清池的暖流，洗净倾国倾城的容颜。

曲线动人的江山，需要弯弓射雕的英雄，驰骋芳草萋萋的草原。

诗人独立在高楼上，手掌心里的星辰，开始翱翔灿烂的光芒。

在追忆的日子，总有一方天空是深蓝的让人渴望游泳的海洋，总有一些记忆让人断肠，总有一种遗憾让人难以从心里抹去。

天空开始老去，有着老妇的蛛网和沧桑。

谁盖起烂尾楼的人生，等待不可能的完工典礼。

我的肉身将朽，我的灵魂金身不坏。

（选自 2018 年 10 月 7 日作者博客）

吃茶去

徐澄泉

夜阑人寂，净手焚香，端坐凝思，行走纸上江湖。路过赵州观音寺，遭遇禅师当头棒喝——

“吃茶去！”

我是一块无窍可开的顽石，顺势滚到一边去。

再也没有好心情，我便舍书释卷，持杯问茶，一饮而尽。

饮天，饮地；

饮云，饮风；

饮日，饮月；

饮有，饮无，饮色，饮空；

饮过去，饮现在，饮未来……

索性饮了自己吧！

饮尽这些所剩无几的所有：积垢日久的茶杯，寡淡透明的茶水，上下浮沉的——茶叶的心。

（选自“中国散文诗研究中心”微信平台 2018 年 10 月 5 日）

图腾

爱　松

我的妹妹一生都在寻找。她是怎么出生，又是怎么消失？

乐曲有意隐藏，这个令她自己也感觉到困惑的答案。

在家族有限的记忆中，妹妹似乎并不是一个真实存在过的成员。但是，我目睹过她在旋律中，浮动的笑，那是家族中，唯一让我有过愉悦的一个瞬间。尽管我的这份亲历，常常被家族史诟病，我也仍然希望，能够从大乐队的演奏中，获得一丁点儿蛛丝马迹，关于妹妹，关于忧郁和悲怆的旋律，关于我几乎被泯灭的记忆。

我得从低沉的第一声管乐开始，帮助她找寻，我的妹妹。

家族迁徙，最后一次返回晋虚城的途中，音符在夕阳下引领着。我的妹妹并不知道，她蜷曲着身子，横躺在石碑村十里铺长坡的伞亭下。闪闪发光的身体，差点让牵着我走的父亲，误认为是一串闪亮的黑金项链。他小心翼翼靠近，并把你捡拾起来。这时我才看清楚，你是一条蛇，一条早已经镌刻在家堂贮贝器上，供奉的图腾。

你在乐曲中的游离令我吃惊，我的妹妹。弦乐和管乐之间穿梭的，仿佛不是你的身体，而是你的意志，但是却是极其悲凉的声调。这让我大惑不解。从我的父亲，把你带进家族的那一刻起，我自认为，你回到了无上光荣的王国。旋律中宏大的和声背景，也为你打开了，贮贝器上一道道隐形之门。

你却是像是误入地狱，而非理想的天国一样，扭动着黑亮的音阶，想挣脱与你的使命违逆的现实。就连我们，你也丝毫都不认识似的。

你究竟是来自哪里？为什么又回到这间一再被诅咒的老屋来？

乐曲中，细碎的切割之音，在大乐队的催动下，趋于密集，又进入缓和，像是你急不可耐的焦躁寻找，和几近绝望的蠕动退缩。你碰到了什么？我的妹妹。

乐曲中重击而下的大鼓，是不是让你胆战心惊？紧接着，急速而前的旋律行进，是不是更把你，逼向某个罪恶深渊？

我的妹妹，你在黑暗中发光的身体，掩饰不了你对白天的恐惧。你吐出嫩红的蛇信子，在几千年前，就闪现在那个即将死亡的父亲的口里。那时他是王，你知道的，我的妹妹，你是不是为此而来？

旋律急剧变化的节拍，预示着什么？这间破败的老屋里，是不是藏有着通往过去的金光大道？抑或隐秘小径？我的妹妹，你在黑暗中的自由自在，让我以为，你来自更为深厚的地下世界，是这样的吗？

大乐队纵深的演奏风格，几乎都让我把持不住了，更何况你这条小小的、未经变化过来的蛇，我的妹妹。就让我来测试一下吧，通过这场越来越悲戚的演奏风格，我想测出你的来意。但你得先告诉我们，褪去这身古老装束之后，你该佩戴哪一种，作为现代人的面具。

（选自《散文诗》2018 年第 10 期下半月刊）

春的意识流（外一章）

栾承舟

黑暗是轻轻的羽毛，一片片飘落，将我的幻思，一一掩埋。

响在骨中的声音，抚过雪野。是谁，携着新月之耳，飘然而至？

油亮的蓝蓝的声音，着一袭蓝衫，走着，走着，一脚在去年，一脚在今昔。

托着黎明，向我逼近。

我抚摸伤痕。

我握紧疼痛。

我用时间泡着泪水，梦中烧亮了一条大河。

我用飞翔切割自己。在村口，我是第一个见到了春天的人。

一树鸟鸣，吹绿一野麦苗，将夏天的火热，渐次吹凉。

一只狗逼近骨头。

一只狗灵魂不安。

我看见自己火焰熊熊，面颊上苍穹盛开，手指上金火高照。

绿色的鸡鸣，沿着火焰充足的血，上升。

然后，我们便看见，蓝蓝的涛声，像满坡的迎春花，全部都开放了……

三月三

三月之暖，暖如东风，波涛拍岸一般，雀跃而来。

采茶女蓝衣青巾，旦夕之间激情四溢。

此时，整个高原盛不下今日风流。

布依族小打音乐，与周围的青山绿水交融。恍惚之间，顿觉温润的茶文化，如甘露玉液，唤醒大地。

一双双灵巧的手，修长而美，让太阳觉得大山在动。

柔媚入骨的采茶调啊，被云雾滋养得水色荡漾，缠绵悠扬入耳而来。

源自内心的奇妙与欢腾，一片迷醉吟哦之姿。

一种生动勃兴的灿烂，使高原，在出水芙蓉一样的幻美中展开——矫捷的翅膀。

三月三，从容量巨大的史册中走出来，梦想随之抵达，使节气恢复了原始的明媚。

（选自《大沽河》2018 年第 4 期）

沙子栈（外一章）

高本宣［土家族］

如一卷翻破了的经书。挂在民谣枝头。摇晃。

孤独，无处不在。

几间老房子，坐在荒芜之上，用空出来的怀抱，用所有慈悲，等黑夜坐上去。屋后坟墓上附着的杂草，都弯着腰，像磕头的众生。山坡上的梨树，安静地开花，安静地结果，像菩萨，赐人间白银。

冷风，像一把杀人的刀子，划破苍穹。雪花，像破碎的山河，大片大片地落下来，覆盖了另一重破碎的山河。

雪花，也是一种膏药。膏药，抚慰众生。抚慰一痕创伤……

这一刻，我回归故土，抖落尘世的阴影，向高高在上的主，请罪。

这一刻，我走向原点，掏出身体的一部分，连同佛珠，盐巴，归还于故土。

红土溪

干净的水。低处的光阴。红土溪，在佛心观照之下。

众神合颂，赐一些人爱情，赐另一些人毒药，而赐给我的，只有慈悲。我必须伸出双手托住，必须用干净的水浣洗所有的汉字，给草木、给庄稼奉上干净的诗歌和干净的灵魂。

泥土之上，一株株庄稼，长成祈祷的姿势。溪水之外，我内心的马匹在尖叫，在奔跑。

汩汩溪流，了无牵挂。村庄和羊群，怡然清净。

（选自《星星·散文诗》2018 年第 6 期）

荒原简史（选二）

郭建强

1956 年：一个新婚之夜

（电影制片厂要拍取柴达木人新婚的镜头。技术员徐世庸和女技术员郑爱芳恋爱多年，于是，组织动员二人结婚。在柴达木野外帐篷，郭究圣副局长作为证婚人，给他们举行了婚礼。）

一切恋爱史都是神话史。

一切创造史都是神话史。

今天，今晚，我们将全部的神话凝结成一枚果核。

我们把丰富的世界和世界的影子和世界的喧嚣浓缩，浓缩成这一天，这一晚；凝缩成你我——荒原的父亲和母亲，新的父亲和母亲；不是唯一的父亲和母亲，而是必须的父亲和母亲。

我们应该录影，应该让酒精的分子渗入记忆和时间，渗入见证者的笑容和轮转机器，渗入西部大荒苍凉深邃的每一个毛孔。

我们就是水，我们必须激涌，我们在秘密地创造着新的秘密。

我们已经预见未来　　也就是过去，比童年的风还要久远。

在这一刻，我们才互分你我。我们是说，我们就是你和我，你和我就是我们。我们既是我们，又是我们的镜子、另一对我们，无数个我们。

因此，这一刻我们重新开始。在素净的工作服下是人的躯体：乳房（山峦一样坦然和丰富）、阴埠（最精美的、最迷人的凸起和陷凹）、双腿；钻塔般的阴茎，大地般的胸膛、双腿。

眼睛、嘴巴、星空……

触摸时光的双手。我们在触动月光、泉水、影子……

我们在捞取新的一天。

1958年9月13日：打出第一口自喷井

（冷湖五号构造的“地中四井”打出第一口自喷井，且喷原油8000吨，轰动一时。在此基础上，建起了柴达木盆地第一个石油基地。）

我们的嗅觉归顺于油香。

不是食用油，而是石油，是来自地底的神秘的气味。

油泉子、油敦子、油砂山——我们陶醉于被大地的爱液浸染泡透的山丘：是另一种母性，是荒原大野憨敦敦的母性的乳房。是涨满海水的月亮。是吸饱阳光的玛瑙葡萄。是泪汪汪的大眼睛。

是生育的饱胀。

是香蜜一样粘稠的柔软的疼痛。

我们的听觉如此敏锐，不曾疏露地底每一个白日梦式的叹息；更不用说嗅觉了，我们就是油液的子嗣，我们在油香中辨认和做梦。现在，我们创造父亲和母亲。

最美丽的是喷射，喷涌，是向上的奔驰和飞升；

最美丽的是喷射之后的宁静，这宁静把大风埋进自己的怀里，把太阳投进自己的怀里……

油海，在慢慢地收拢着时间……

从天边飞来的稀世之鸟，在这黑蓝的湖面，看到了自己的影子。

孔雀、麒麟、龙、刺猬、蛇，花瓣，缓缓地闭上了困倦的眼睛。

创世纪。这是第七天。

（选自《大沽河》2018年第3期）

九重河山（二章）

郭　辉

玉龙雪山

天地如圣殿。

你这——

戴发修行者，废止了一切语言的高僧，披着银色袈裟的不动佛。

让所有的尘埃与恩怨，都不由自主地匍匐，颤抖，顶礼膜拜。

头颅高耸，仿佛正吞吐着，茫茫宇宙间的浩然之气。而身与尾，没入万里青苍之中，天可见，地可见，神可见。

人不可见。

皑皑白雪，是时光的碎片，一千堆一万堆，不融化，不流失，不腐烂。

一千年一万年，岁月轮回，形同一瞬。

万物纷繁。

而你心水静……万事归于一，万象归于无。

处大境地而甘于渺小，有大境界而自视卑微。不入尘嚣，不逐乱世，吟无字之诗，咏无声之歌，放低名分里的所谓玉，所谓龙，只把目光抬得高些，更高些。

望尽虚无，望清久远。

山河之上，你是多么简洁的一朵灵魂，高过了……

所有的鼎盛与荣华。

虎跳石

金沙江最大的一颗胆，霸在激流里，把玉龙雪山梅里雪山，也挤开了几分。

昼昏昏，夜沉沉。枕着川流不息的时光，仿佛睡去了，所有的棱棱角角，都不露声色。

只有悲壮的落日，从一侧滚入江心时，才能窥见到，它燃烧不止的血液。

几百年几千年，为了活着，形同死。

每一分每一秒，在万丈惊涛之中，用不死的痛感，抗拒消亡

只是为了等待——

那必然的一瞬！

那苍天指路的手指，按下的惊世一戳！

那一声跌落复又飚升的狂啸！

虎背上驮着的历史，奔过来了，跑过来了，飞腾而至。

一道看不见的闪电，凌空劈下，惊天地，泣鬼神，山抖了，水怒了，树木瑟瑟，野物奔逃，让出了天赋王权的必由之路。

鬃毛倒竖，四蹄腾空，看啦——

把一块石，一条江，一个民族的心迹，踏成了千古奇观！

（选自《星星·散文诗》2018年第3期）

黎母山

唐鸿南 [黎族]

没有见到你之前，我以为你也只不过是一座山而已。

见到了你之后，我才知道，你身上竟然还长着莽莽的森林，甚至还长出了三大河流的命脉。

面对千万支香火的祷告，我觉得你是个有苦的人，因为你要燃烧母性的慈悲和宽怀。

然后，让那些藏在森林的传说满山奔跑，让那些念在经纶上的神话久久跪下，让那些沉默的石头磨出锋利的腰刀，去追寻生命的原野。

仰望你的高度，总是摇曳着一种说不完的谜，每当泪水淌过了清澈的疾风，你依然还要做流血的骤雨。

你是人，是我的祖先，是我的娘亲，是倒不下的臂膀啊。

假如还有什么人不懂我，你肯定是那个永远不会咒我的神了。

（选自 2018 年 4 月 15 日《海口日报》）

家乡的初春（外一章）

海　湄

每当冬小麦开始泛青，就到了大地最好看的时候，如果恰逢一场止于清晨的春雨，如果东方的曙光恰好是鱼肚白的颜色，如果刚发芽的小麦用朦胧的绿色点亮了田野，你便看到这些努力的生命，这些从希望中长出来的新的希望，这嫩绿，这鹅黄、这不甘与倔强的根与芽。

它们合着农家的炊烟，小燕的呢喃；合着苏醒的田野，脉动的大山，它们慢慢地走进你的心房，沁入你的心脾，哪怕身在他乡，它们也能毫不费力的让你置身家乡。它们和我们一样，把自己的生死托付给了这片土地。

迷恋杏花

小时候，我迷恋你，是迷恋你的花和花荫。长大后，我迷恋你，是迷恋你的庇护，迷恋你的方位，是迷恋你的年轮，从不在意岁月如何变迁。

我迷恋过无数的花，娇艳的桃花，冷傲的梅花，满地的打碗碗，高高的木棉树，可你依旧是我的花中之王。每当夜把云朵变幻成山坳，每当天空把星星演绎成灯盏，我就会想起你，你在寂静的山坳里，在苹果园的东北角，在外婆家的大门外，在冬小麦泛青的田野里，在我的枕边，在我的梦中。

我捧过你的花，从眼眸到心田都蓄满了泪；我爱抚过你的叶，深深地汲取了你薄而绵长的清苦；我依偎过你的枝干，体悟着在纵横交错的纹理间飞旋的时光之刃，是你，让我懂得了什么叫感动。

在我心里，你褐色的树干和心形的叶子，你苦甜参半的心，你融合了冷傲和娇羞的粉白，才是春天。

（选自 2018 年 7 月 5 日海湄博客）

总有些莅临，像鸟儿飞过天空

海　默

此刻，田野后退，道路向前。

此刻，挥舞的手臂成为春天的标识，将在渐行渐近的远方，长出新叶。

此刻，喉咙里喊不出的，都在内心里开花。

此刻，我看见自己，奔跑的速度，比一列火车更快，比春风更软。

车过南昌，我才像一个真正的逃离者。致幻、慈悲，故园千里，已在身后。

而荒芜，在北方以北，以风的力量，追赶着荒芜。

经久不息的咳疾，自一场突如其来的大雪开始，鞭炮炸裂，脉管奔突，新的一年，一片雪花敲不开春天的门。唯有寒冷在风里颤栗、奔逃，来来回回，走不出北方的枯黄。

最后一丝冷咳出的时候，我站在南国海滨的礁石上，以泅渡之心，渴望复活。

细雨不停地下，高大的棕榈，作为一种象征，提醒我，我在自己的远方，在黄厝的海风里，被苦寒撕碎的快乐，一点一点长出新绿。

万物生，万物的抒情，就是一首诗，在湿淋淋的细雨里，是久晾不干的一件外衣。

大雾，有时，就是一堵坚硬的墙壁，谁撞上去，谁的外表完好，内脏碎裂，聚拢、溃败，而一场大雾改变的行程，就是一列火车，追赶春天的过程……

梅雨霏霏的厦门，缠绵悱恻的厦门，细腻婉约的厦门，第一脚踏上街灯通明的春天，我被自己惊到了——我来了？

从海海之恋宾馆望过去，八百米之外，就是大海，就是大海中的金门，就是满满的乡愁和散去的烽火。

为什么会这样？视线被阻隔，而记忆疯长，海平线，有大雾索紧眺望的远方……

卸掉一切多余的，在长满时间胎记的礁石上，我站成另一块礁石，只是遥望，海的尽头，风云归于春天的静，敌友在时间的节点上，干戈、玉帛都是千樽酒里，火辣辣的那一饮。

而此刻，我离自己那么远，离我的北方那么远。

（选自《散文诗》2018 年第 1 期）

拉尕神山的呼唤（外一章）

谈雅丽

拉尕山的夜黑得很晚，傍晚我们住进树林包围的巴寨山庄。云似下垂的天幕，在千沟万壑浮游。白天，我曾拜访这片格萨王的领地，经过沟口三角形的山门，见过光线下魔法般变幻色彩的山林，听到白桦树的歌唱，和草坡上的牧民谈论过天气和收成。

傍晚，大风把五色经幡吹动，松涛起伏，嘛呢堆静默，神灵在虚无中给灵魂以静谧。这片饱受疼痛的山林，那些眷恋故土的灵魂就在土地下安息，飘浮的云翳，也许是他们在山林长久游弋的身影。

浩荡的长风吹动大地，那是拉尕山秘密的呼唤，它在呼唤天上的云团，呼唤疾驰的马蹄，呼唤野草野花，也向地下的生灵发出呼唤。它的呼唤是轻柔的安抚，像一棵摇动羽毛的小树，一朵暗自开放的格桑。

浩荡的长风吹动山林，一棵棵青翠的白桦眨着眼睛，瞅着我和淙淙流响的溪水对话。蓝绿的溪水中有一种乳白在交辉，像一个人沉溺于不可自拔的往事。暮色中，羊群在结伴回家，牛则悠闲散步。一匹黑马自林中走来，她蔚蓝的眼睛让我的心变得异常软和。拉尕山的溪水真是又清又冷，让我感到绵绵的伤怀……

想起山上的泥石流遗址纪念园，一座祈福的神庙，一块拦住灾难的巨石，重修后崭新的家园。想起重逢与离散、爱与珍惜、疼痛与幸福——于黄昏的微光中，又见牧民和妻儿，相扶相伴，一起走过一道平缓而美丽的草坡。

蘑菇学校

大凉山的孩子们个个都是捡蘑菇的高手。

每年七、八月，第一批蘑菇开始在树林里出现，或者在牛羊常去的平缓山坡露出小脸。孩子都知道哪里有这样的玄机。

一场夜雨过后，第二天放晴了，阳光灿烂，草和树，和水，和山岩都闪闪发光，雨水挂在树叶上、草丛里，挂在树林覆盖着厚厚腐叶的黑土上。

一只只褐色、茶色、土黄色、乳白色的小尖顶神不知鬼不觉地露出来了。

孩子们结伴去捡蘑菇，他们穿着打补丁的裤子，吸拉有小破洞的胶鞋，手里提着一个篾织篮子或者是妈妈的布袋。

布谷鸟叫了，长在林子里的蘑菇会和孩子们一起，停顿一下，谛听几声鸟鸣，因为掌管生活和时间的神灵按了一下暂停键。就是那一刹那，所有的生物，野花野草，河流岩石，所有想的，非有想的生命都在谛听。经历了那奇幻一刻的蘑菇们开始生长了。

蘑菇们都有自己的领地，就像每个孩子都有不同的奇遇。在童话里他们遇到了山林里的小仙人，孩子在和不同的小仙人跳舞。傍晚，等湿透的衣服和胶鞋变干，他们就会提着满篮满袋仙人的礼物，骄傲地回到家中。

整整一个月，孩子们每天早出晚归捡蘑菇，母亲帮忙把蘑菇捡摘干净，放在太阳底下晒干。父亲把它们拿到集市卖，他们吐着唾液数手里的零钱，然后小心翼翼地放进布褂。

支教女老师也加入卖蘑菇的队伍，她在微信圈里晒孩子们捡蘑菇的照片，孩子们晒得黑黑的，老师笑得十分甜美，所以蘑菇的销路很好。连蘑菇们也在努力积攒孩子们上学的学费。

九月，大凉山的蘑菇学校马上要开学了，一个美好捡蘑菇的夏天就快结束了。孩子们很快地将四处破土的蘑菇遗忘在了山林，只有小仙人会将寂寞的蘑菇们悄悄地收走。

（选自《散文诗》2018 年第 12 期下半月刊）

水调歌头（二章）

堆 雪

明月几时有

明月几时有？今夜有。有我，有你，有东坡，有眉州。

有前半夜的茶，后半夜的酒。有心上的沙洲，枕边的江流。

有玉宇有宫阙，有管弦有琴瑟。有阡陌有屋舍，有炊烟有灯火。

有雷声起于床榻，帆影归于烟波。有移步换景的天狼星，有乱石破空的赤壁雪。

明月几时有？明朝有。有笑，有哭，有灯花。有镜中故人，泪里家国。

有百里佛龛，有千乘云朵。有一窗明月，有万重鼓角。

有城有池，有子民。有粮有盐，有干戈。有峰回路转的生死，有疏影横斜的福祸。

马蹄化为青萍，诗行读成奏折。生有甲骨，死有铁证。

有锦书，却难托。有山河，却奈何。有云雨，却持节。有繁华，却寂寞。

有千骑卷平冈的壮烈，还有一蓑烟雨坐的落魄。

明月几时有？岁岁有。有秦有汉有唐宋，有情有义有姓名。有装订成册的印刷体，有散落民间的手抄本。

望一轮满月在天，藏万顷雄阔于额。醉了，总有三尺月光在手；醒来，还有半卷诗书于胸。

半梦半醒间，还会有人循着那深巷的花影与酒旗问：明月几时有？

中岩寺唤鱼

山隐古寺，一瓦遮红尘。山间流光，寺中怀碧。

诗书可晒石上，好梦暂藏鱼腹。鱼在水底，也在掌心。

击掌而出的鱼，何以悟得这尘世的好意？沉鱼落雁，执子不语。鱼儿浮出水面，便是几朵红晕，岂不暴露了身份？

东坡在竹林行吟，王弗于阁楼描红。有声有色的时光，风吹中岩山，恰有蜻蜓点水，池中便晕染出串串涟漪。

中岩寺外，万物喧腾。蜀南之春如鲁莽的艄公，弃了舟楫，正在岷江东岸登陆，呼朋唤友，簇拥着乱花，吃酒去。

一切，似出自一札刀刻的卷轴，还未示人，早已挠心。一切，又似这淙淙水声，平明复归于一把颤栗的古琴。而串缀林间的光和露，叮当乱响，急于为世间一切美好，重新命名。

藏鱼，观鱼，仙鱼，天鱼……青神县的名绅贤士，正在为寺中鱼池命名。红肥绿瘦的风，行将捅破这层暖春的窗纸。但佛的本意，又似徘徊天际，遥不可及。

“唤鱼池！”脱口而出的东坡与捎信送字的王弗，不约而同。一个“唤”字，赢得群贤赞叹的掌声。金鱼应声而出，水面一派绯红。

春风得意，草上蹄疾。北宋的青年才俊似已看到：黛眉下挑灯的眼波，折扇后屏息的爱神……

十载光阴，千年化境。如今的他们，早已把爱硅化成石。依偎水边，听千年后的掌声，再把好梦唤出水面。

（选自《星星·散文诗》2018年6月5日）

三峰列坐（外一章）

黄志雄

玉京、玉虚、玉华三座主峰在我眼前云山雾海，难道这就是我现实生活中的云里雾里？

世界里的残酷，像是这万千的气象，扑朔迷离。岁月的旅途，有着太多的奇峰险壑，尽管告诉自己一定要勇敢，但也一直心存戒惧。

人生中的沧桑，都是经过无数风风雨雨的雕刻，刀起刀落间，我把自己锻炼成了一只山岳。如果有风光，那也是一份深藏于心底的情怀。

我不可能拥有那一份亿年的时光，也不想拥有那无休止的冠冕堂皇的历练。我更愿意我的山峰，拥有更多的人间烟火，能够让宇宙天地阴阳和谐。

如此，所有的事物都是一幅仙风道骨的山水。

东方女神

春天，是我岁月的必须。

但是，距离我又是那么的遥远。行走在四季里的我，风风雨雨，偶尔还天寒地冻。

我一直渴望春天。

我双手向上伸展，倚天而坐的东方女神啊，可否把那装满鲜花的花蓝，也播撒一份给我？

如果，我能够化身一条巨蟒，春天是不是就在眼前？

秀发披肩的女神，端坐山峰，默然注视着芸芸众生。

我，仅仅只是一位过客。

（选自 2018 年 12 月 8 日《石狮日报》）

一盏菩提（三章）

黄恩鹏

阿胶《本经》上品，弘景曰："出东阿，故名阿胶。"

——明·李时珍《本草纲目》

一粒光撬开了黑夜

从一粒光出发，深入一匹乌驴的身体。水草柔软着，花香绵延着，露水滋润着。溪河与山岭纵横交错着。净慈之血被清水收纳。春风吹，秋雨淋，夏日晒、冬雪遮。

驴。乌驴。从生到死，内心仁善。哪管庙堂之远，哪管篷蒿之近。

一只镬。

一瓢水。

水里，火里，埋着大海的盐粒，涛波暗起，命似舟船。渡劫。渡难。渡天下众生。族谱的衣钵，渐行渐浓的炉火。经络酡红，舒筋壮骨，活血化瘀，驰骋天下。

大德隐灵，向我靠近。

阳光雨露，天地精华。族血植物，璨然盛开。

膏腴之美，从茎到叶的葱茏。

神秘与神性。灵魂清澈的灌溉、滋育。翻开典籍册页，独门秘诀，口耳相授，不立文字。杨贵妃、虢国夫人、三千佳丽的驻颜之美，与一匹乌驴有关。

天下绝品，九朝贡胶。

秋月春风，江山妖娆。

来自民间的殇逝。以乌驴之皮与阿井水熬制的绝品胶膏，从唐朝贞观十七年，悄然开始。

水之密钥

泰山和太行山，面对浩荡的黄河，趺跏打坐。

水之灯盏从大地深处出发。不可触摸的海拔。

水与水，咫尺天涯。圣地之域，来自辽阔莽野的最小野花，亦胜似庭堂楼阁的牡丹、香榭里舍的玫瑰。鲁地东北阿城镇。水清甘洌，梧桐茁壮，才子佳人，凤凰来仪。

盛弘之《荆州记》载："随郡北界有九井，相传神农既育、九井自穿，则神农时有井明矣。"

北魏郦道元《水经注·河水五》中说："大城北门内西侧皋上有大井，其巨若轮，深六七丈，岁尝煮胶，以贡天府。"

唐人李肇《唐国史补》卷下："齐人以阿井煎胶，其井比旁井重数倍。"

唐《元和郡县志》载：太宗时派遣大将军尉迟恭"东阿封井"。红脸大将军以驴的脾气呵护古阿井。一脚踏着白石井盖，一脚踏着钻地之蛇。连一只蚂蚁也无法进入。"圣代即今多雨露，仙乡留此好源泉。"除非君王之命，任何人难见阿井水的真容。

一轮净月藏进了一朵涟漪，不准荡漾。

水之密钥。

锁闭了千年，只为一小块膏油。

拒绝有秩序或无秩序的尘埃。

阳光饲养，月光陈酿。故事的版本在汗牛充栋的典籍册页里传续。而我，或许并不知道，来自一匹乌驴身体里的慷慨馈赠，要经过多少岁月多少路途，才能修成正果、功德圆满？

古邑阿城，水乃天赐。

天下无双、独一无二的无价阿井水，两亿年的地理造化。是祖宗族群命理秘密的知晓者。

火隐

剥离灰暗，剔除苍白。

提取果核里冉冉上升的香味儿。拈火焰几朵，舀净水若干，火与水，搅绊着、调和着、融解着，相互拥着抱着，冲入圆穹状阔绰的鼎镬。

一匹乌驴，把大团大团火光运进了自己体内。

四季不歇，水里来火里去，本色不变的真颜。

温度渐渐升高，天空渐渐变小。花朵毫无保留，果实毫无保留，将幽香袒露。无论凝聚还是溶解，都是血的滋育。

但我今夜必要收获什么。

细小的闪电。柔软的月亮。抚摸骨血。

燃烧吧。我要证明那盛开的光泽。我要把自己透明的身体，交给另一个身体透明的人。

风。日光。桑柴。

围绕圆穹巨镬，昼夜熬煮。

今夜风大雪大。时间深处的天空幻变青铜之色。怀揣秘笈者，是一尊怀抱元宝的夜行神。

光线在身体里有了韧度。漂泊的灵魂等在渡口。雨和雨，密谋着、策划着。火焰了无痕迹。越来越咸的海风跟随着，越来越猛的海浪追撵着。今夜，有德的人泛槎江海，漂泊彼岸。

（选自《诗潮》2018 年第 2 期）

秋霜的刀锋（外一章）

黄曙辉

秋霜的刀锋让世界倾斜。无法站稳在地球边缘的人，一摇三晃。
一场宿醉。

醉，是遥远的一缕烟霞。它们在云间的树丛里缠绵，一唱三叹。
叹！秋风卷走了几乎所有的梦境。

梦境在树叶里赤橙黄绿，像那些曾经妩媚或者流泪的脸蛋。
出入皆为梦。

就这样写下这些断断续续的诗句，为一个人，一群人，一些依稀莫辨的物事。不分行，不断句，不打任何一个标点。

后来人读不懂那些故事，当事人也似乎从来没有从故事里出入。

很快，树枝光秃，落叶腐烂，大地一片空茫，雪线之上，安谧静好。

一切好像恢复了宁静。只有偶尔的一线阳光，让霜雪瞬间消融，露出刀锋不寒而栗的光芒——

像，诡秘的微笑。

来不及怀念

来不及怀念，南山的梅花就落满一地。

就像你我当初说过的那些密语，无人识破它们的寓意——

一个眼神，是一座发电站。

一滴眼泪，是一场大灾难。

跳出魔咒的人，回头检视发生的一切。灾难的恐怖片，定格在十多年之前的每一个白天和晚上，每一帧，都打下了特殊的印记。

无需叹息，也无需忘记。

记住该记住的，忘记该忘记的，哪怕是城池已经塌陷，哪怕硝烟还在燃烧。

毕竟，大雪下过，梅花开过，暴风雨也在那个时候适时出现过。

所有的美好是记忆，所有的悲伤，也是记忆。

那些与生俱来的物事，都是你我藏在岁月深处的秘密。

桃花开，荷花也开；心花开处，百花盛开。而那一个夜晚你临湖点燃的烟火，不仅仅绚丽了夜空，也绚丽了我今生所有最美好的想象。

我是在焰火熄灭的时候离开那一个地方的。

焰火熄灭的时候，你也几乎在同时穿越了那一道厚重的城墙。

旌旗猎猎，战马嘶鸣，乱兵之战，需要各自突破重围。

江湖险恶，你我好自为之。

只一个注目礼，我们就各奔东西，消隐于浩大的江湖——

未曾相忘，似曾相忘。

来不及怀念，我也不再留下带着太多隐语的诗句。

我只在风中仰望星空，看一颗颗流星，滑过天际——

（选自《分界线》2018 年创刊号）

远方（外一章）

萝卜孩儿

种子望眼欲穿的地方。

一粒种子，她伸入暗河的神经，已触及石头的骨髓。

眺望远方！远方有一片云，还有云儿生下的一场雨。

一场雨，淋醒了亿万颗胚芽。

睁开眼睛就是春天。就有一场洁白的花事，涟漪一样蔓延！

谁的眼睛不是一粒种子？落地生根，触景生情。一段因缘，连结着前世今生！

哪一粒种子，不是一颗明亮的眼睛？眼角里的一眼泉，睫毛上的一片云：彼此相忘，又相望！

颗粒饱满的一粒种子，额头碰疼刚刚探出头来的云影。然后她俯下身来：拥抱湿度适宜的墒情……

行走四方的树

一棵树，总在夜深人静的时候，行走四方！

谁能在天亮之前，看见一棵树，风尘仆仆地走在返乡的路上？

那些睡在树冠上的鸟儿，没有察觉。

从裸露的树根向树梢上爬了一天一夜的那只老蜗牛，也没有察觉。

夜夜行走四方的一棵树，渐渐地衰老下去……终于在某一天，终止了夜行的脚步！

一棵不再行走四方的树，认识所有的雁群，叫得出每一只大雁的乳名。所有路过的大雁，都夜宿它的枝头。

这棵树，从那一天开始，夜夜发出隐隐的私语声……

（选自《山东文学》2018 年第 6 期下半月刊）

夕阳下，一株野芦苇

梦　阳

谁会注意到这被秋天遗弃的孩子，在夕阳里顶着白纱巾。

有仓的都已归仓，有巢的都已回巢，只有她，打着赤脚站在老黄河的背后，仿佛一个憔悴了的隐喻。

风中，她低了一下头，故道便一下子辽阔起来。

风过了，她直了直身体，擦然了洁白的光芒，那秋意劫持了的乡村便被打捞出几声缠绕着炊烟的犬吠，瞬息，村庄便开始了复活。

她望了望，世界那么远，仿佛曾经的黄河……

（选自 2018 年 11 月 2 日《大河报》）

秋天的碎片（外一章）

梦天岚

透过檐瓦和一堵土墙的缝罅，这些碎片像溅落一地的玻璃渣，闪动着耀眼的光。

这是一个秋天用内心的澄澈所能表达的。如水的秋天，执意要在一个早晨的冷艳里，坦露自己的胸怀。

一地芦花记住了一条泥泞小路，散落的蒲草也正在怀想归途。

音乐响起来……这忘情的水滴，这筛落的雨点……在这样一个秋阳抚摸的早晨。

可它们已无法聚拢，无法像音乐和水一样，连成这个早晨的汪洋。

它们只是一些碎片，一些缓慢移动着的，正在缩小和即将消失的碎片。它们是三角形、圆形、椭圆形、菱形、不规则形，尽管它们有的有扩张的念想，有的甚至还拥有锋利的锐角，但它们无法侵占和刺入更深的黑暗。

一个人，就在这黑暗中独舞，音乐再一次响起……

他错过了春天和夏天，他甚至又要错过这个秋天了。

一粒泪水涌出眼眶，滴落，在它舞动的姿影中，悄无声息，甚至看不到它碎裂时的光亮。对面墙上，那些碎片像粘贴上去的剪纸，在轻轻地晃动中，渐渐泛黄……

比月色更美

她是虚幻的。

可我相信她是真实的，是可以触摸的。

为此，我曾经托付过人生中最美好的一段时光，我是快乐的，这种快乐阳光一样推搡过我，让我不知疲倦，而又心甘情愿。

千金散尽还复来吗？

至少时间不会，还有快乐。我在这里所说的快乐是那种在梦中也能让你笑醒的快乐，不是现在的快乐，笑过之后，才知道这种快乐在冬天里比水更容易结成冰。

我仍然相信她是真实的，是可以触摸的。

此刻，她正微笑着向我走来，她的面容纯美，风姿绰约，目光温软如水，她的脚步又是那样地轻盈，即使踩在心尖上你也不会感到有丝毫的疼痛，当然，也不管你用一种什么样的眼光打量她都不会对她构成伤害，甚至没有谁能够感动她，更没有谁能俘获她，即使是世界上最甜蜜的承诺和最恶毒的谩骂也休想左右她。

她比月色更美。

你总是不由自主地迎上去，像迎向自己久违的情人，或者，你把自己也当作了她的情人，你张开双臂。

她，比月色更冷。

（选自《比月色更美》，广西师范大学出版社 2018 年 2 月版）

没有炊烟的村子

曹立光

起先三五户，直至成为村子。

没有炊烟的村子也是村子，没有鸡鸣狗叫的村子也是村子，没有叫骂吆喝的村子也是村子。

都是熟人，恩怨从落地生根那天起，一笔勾销。

双膝跪地，在一座坟茔面前俯下身子。

走远的亲人被一柱香唤回。长久的凝视，火苗的抚摸。骤停的雪化作腾空的纸钱。

你说活着不易，他们陪着你叹息；

你说人生一世草木一秋不过尔尔，他们勾头沉默；

你说你必须该走了，还要坐三个小时的车回城。他们没有挽留，只是把祝福的话拱出地面。

（选自《中国诗人》2018 年第 3 期）

念念之间（三章）

曼　畅

风的影子

别太相信巧合，树叶一声不响，一叶叠在另一叶之上，心念即是河流，有风吹过草木，天会凉一些。已习惯隐身虚设的借口，站在河的对岸，一朵野菊的躁动，在用清瘦独白。

光亮悄然回到天上，眼前突然就空了，一枚没来得及长大的果子，先落于败叶之下，一闪而过。仿佛一个人的影子，可谁又能忽略，慢饮一壶菊花酒，而月光下的老房子以及从前的日子，慢慢又淡了几分。

回到旷野对它的倾述，草木清浅，身边的芦苇或那棵院子里的银杏树，于一片明媚之外葳蕤。风骨苍然，想象光阴如河流一去不复返的样子，光艳与浮华，谁又能给时光留下半缕回音。

更空的天空

在一朵菊花面前，晨昏其实就是一程过往，叶子绿着，阳光洒在不远处，私语或者无语都算一种默契。一只灰白的鸟儿远了又近，近了又远，多么柔情的宁静，时间慢慢地长。

我总把自己兑换成影子，风过于大，一束光线捕捉所有图案，很多蚂蚁聚一起，像是观察什么事物。仰面无趣，节气挤兑着农历，满目稀零的树叶沉默不语，云朵飘来飘去，草和不知名的野花铺开想象。

从脚跟撵到脚尖，一粒露珠的形影孤单没有比意念更强大，但光线还是那么年轻。风在挥手与树叶儿道别，我不想再说什么，云彩跌落一地，一片，两片，或者三片。

眺望滑落于季节，一切一切都是过客。

一些月光

也许我会半途而废，这荒谬的夜晚，黑捂住了气味，乡土与乡土之间，花朵像蝴蝶一样飞。一种仰慕油然而生，成群的星辰、菊花、烟霭以及流云，都那么静谧。

一些波动微小。树下的旧木椅一直空着，只有风轻轻走过，一切事物依赖自身光耀，周围有树木，有鸟鸣，天上的云朵停在原来停放牛车的位置。

多么美好的安静，日子在左，时光在右，而雨水经过流年，此刻我该把自己安放在哪里？一些陈年的香，演绎另一种情怀。一朵花儿开放，所有的有形之物，露珠、云朵、野槐米，有着春天一样的气息。

有些事物，也许会越来越新。

（选自《散文诗》2018 年第 10 期）

西域手记（三章）

崔国发

游牧人

把家安在自己的脚上。

逐水草而居。风餐露宿，吐故纳新，在天地大美之中，沐浴恩光的洁净。

纵马或放鹰，似可尽情地释出，一种原始的野性。

在马蹄耕耘的史页上，纵横驰骋；在荒原深厚的底蕴上，安身立命。

不用说，野花绽吐的自由与散漫；也不用说，草原长调悠扬的旋律与气韵。

但愿六畜兴旺，奶酪飘香。双手合十，道成肉身，以十万丈阳光和一千顷诗句不断加持，自然的乐土和生命的福音。

与草交谈，诵唱“心经”。除了转场的牛羊，没有人告诉我，哪一处幽静的远方，能够安放得下我这一颗深沉博大的心？

一生都在追赶，牧道上的精灵。那些通人性的动物，我与它们朝夕伴生，相依为命。马头琴声的悠扬。与干净的阳光、云朵、明月、清风、篝火、驼铃，成为拜把子兄弟。

佛光降临，皈依于牧神，或热烈与浪漫，或雄浑与冷峻，它们虽只是瞬间的逗留，却从青春的血脉中，洋溢着恒久永在的诗情——

天人合一，游牧思想，于胡杨金黄的风骨中愈益坚韧。

游牧人的圣歌，以灵息的节奏，自敖包或毡房中取走，我们凛冽的骨骼里隐隐的疼痛。

雪山短句

素面朝天，我不得不提到开花的雪莲。

就这么白下去。

我看到一万吨的寂静，都远远地高于人烟稀少的雪线。已经不需要贬低尘埃，我知道它的分量很轻，一定还会被大片神秘的佛光所擦拭。

诸神渴了，只是她们的耳根还算清静。

爱干净的雪山，抛开了世俗的浑浊与污秽之后，终于找到了自己的圣殿。

忘记三千烦恼的事，像出岫的白云一样冰清玉洁。

不必故作清高，但灵魂却不能不淡远。向上攀升的太阳，于自身的浑圆中，可以与阴谋、喧嚣以及见不得光明的谎言，彻底地划清界限。

仰望是必须的。

这时你会赫然看到，闪着银光的皑皑峰巅之上的苍鹰盘旋——

而一只苍鹰又能说明什么？

惟有雪莲，一瓣一瓣地开，她就好象是从我梦中失散多年的天真无邪而又自然朴素的妹妹，一脉古典的清香，氤氲着亲人如幽兰般的呼吸。

呵，坐在大雪中的山，我是多么愿意，在你涅槃重生的亮色中，消融或者沦陷……

吐鲁番葡萄

抱成一团是必须的。在吐鲁番，我看到一串串葡萄，在藤蔓的枝上，出落成马奶子一样的饱满与丰腴。

凝聚起来的紫与绿，初似琉璃，终成一颗红红的玛瑙。

往下看：立身之本，有来自天山雪水的滋润；如果目光向上，抬头就能见到，她熟透而柔软的肉身，脸颊上那一抹羞涩的胭脂，有着十分充足的日照。

请再抱紧一点，一群难解难分的亲人，爱或被爱，我不准你们成为松散型。

又不是第一次的亲密接触——

已经很多年了，我都是这样，于绵密的藤架上细心地采摘，一串串葡萄诱人的光滑。我所遇见的葡萄，于骄人的阳光下娉婷一笑，她的青春与时光，她的枝枝蔓蔓，叶叶心心，都不会慢慢地、慢慢地变老。

现在，请葡萄与葡萄相互拥抱。心有所系，这辈子就交给你了。

继续赞美晶莹剔透的葡萄，我忽然觉得——

感人的温度，只有借助一种信任的力量，才可以深入传导……

（选自《伊犁河》2018 年第 1 期）

角落

鸽　子

不是中心，是角落。在角落，总容易被忽视或忽略。

一个角落里有什么？当我真正想这个问题时，才发觉自己居然无法回答。一个角落里有整个世界，包括中心所拥有的一切。一个角落，包含了时间所有的秘密：光明的，阴暗的；漫长的，短暂的；庞大的，渺小的；一眼能洞悉的，永远没有答案的……

现在，我离开屋子的中央，在房间的角落，我发现很久以前我丢失的一枚硬币。它安静地躺在那里，好像，等着我来发现它、找到它。

事实上，不是我发现了硬币。是我，一直等着一枚时间深处的硬币来发现我找到我。硬币和很久以前一样，而我却早已面无全非。

藏在角落的硬币，或者是这个收藏着硬币的角落，看见时间一天天、一月月、一年年淌过了我。

纤尖飞舞，恍如一梦。静静待在角落里，我和一枚硬币都没有话语。

我能找到我丢失在时间里硬币，我却找不到我丢失在时间里的自己。

（选自《山东文学》2018 年第 4 期下半月刊）

雨润荷莲

商　野

夜半不知深几许，从空渺的远方传来了——凌乱的脚步声、急促踏过，有马蹄声、疾驰而过，还好似有刀光剑影、惊掠而过。

更是生怕吵醒了，满池塘的蛙鼓、柳枝上的蝉噪。暑气还未完全消散，又不知从哪个方向吹来，一阵阵洞箫；径直铺向了，我略显疼痛的周身。

满池塘的荷叶，早已出落亭亭。用墨绿的酥手掌，托擎而起、一轮皎皎的明月，于梦境将圆未圆之际。

醉酒遥望，远山岚烟。依旧变幻不定的云层，竟画不出人世之谜。在极目的辽远处，在生命的另一端，酝酿着，明天的一场幽会或是不期而遇。刹那之间，又一阵电闪，伴随轰轰的雷鸣。

哦！豆大的雨滴，顺势从半空滑落；打在山巅，打在树林，打在莲荷上，也打在池塘的碧波中央。

琼浆玉液的雨珠、串成银帘，一路跋山涉水，从太虚爱恋到大海，再经过翻山越岭……终于来到了，这片跃动不禁、危机四伏的池塘。为广茂的荷叶田田，为不变的千金诺言；在黎明与黑暗交替时分，在理想即将璀璨之前，送上真淳的清爽和蜜香的挚爱。

试想遥远的太初，惟有那颗坚贞的莲子，不离不弃，坚守泥沼的荷塘。

曾经，遇到过干旱，塘泥龟裂了，也逢上过洪涝，莲荷没顶了。即便，于采摘的深秋，也还是没被良人慧眼发现！

今生今世，为了再次遇见，初心如一的命缘：就这样默默守候着，长年累月，就这般静静守护着，山盟海誓；就如此悄悄守望着，静水流深。

沐浴着，将亮未亮的雨丛，在这一片水汪汪的池塘里，莲花与荷花，纠缠不已、开在一处，开在我的内心深宫，悄然长出一帘幽梦。

即便，于未知的明朝、酣畅的酒醒之后，我依然、还是不能完全分清楚——究竟，哪一片似梦里的荷，哪一片是真实的莲，哪一片是莲与荷的爱恋——伴唱着一丝丝，高山流水的惆怅；连同昨夜无尽的悱恻和缠绵？

（选自《散文诗》2018 年第 2 期下半月刊）

弯腰取水的地方，就是天堂

彭润琪

1

喝一口水，我总想在碗口的裂纹中喊出你的源头。

你是雪域高原献给这个城市洁白的哈达。每一次奔腾、每一次汹涌，都是你朝圣的虔诚。

你是缠绕在这片广袤草原的脐带。饱满的羊奶，在阿妈的指缝中滑过，如一茬记忆，栽上了如茵的草甸。

你是印在天空下卓玛丰满的曲线。乌鬓上的格桑花，摇曳在草原上，如盛开的朵朵莲花。至今，那首情歌吹过了丰腴的草地，穿过了扎西雄壮的胸膛，在一只羊的目光里，静静安眠。

你是阿爸手中扬起的长鞭。那是高原汉子舒展的肌肉，也是雄鹰盘旋时，双翅滑出的美妙弧线。

……

白龙江不语，它望了一眼雪峰就开始启程。

沿着山脉的走向，自由的灵魂，如苍鹰般抵达。

2

远离兵燹的祖先，寻觅一处世外桃源，如种子般扎根，用每一股细流，洗刷着他们的骨骼。不知道他们是否还记得四川的大槐树？其实，生长的方言早已暴露他的根。

一扇石门关不住刀光剑影，悬鼓屯军，剿氐只为戎马匆匆。从此，嘶鸣挤满了中原的马厩，也写满了英雄的战甲。

如今，秦王的强弩、李广的铁骑、姜维的锄犁……早已风化在历史的隧道里。它们的喧嚣一直抵达今夜的安静。

茶马古栈道上马队的铃声，还在石门沟回响，清脆的蹄声刻上摩崖石壁，模糊的字迹却让那段久远的历史再次清晰。

远去的城，是一眼望不到的荒凉。唯有在一片釉陶、一块绳文瓦、一枚铜钱中寻觅你曾经的辉煌。

翠峰山已竖起帅旗，峰脊的剑锋突兀凌空，而战鼓远去，唯有江涛声声。

一座城为爱而打开。亦如古老的太阳，大地因你而生动。

3

一场雨在旷野上空盘旋，远处的山脊，纯净得如一只老山羊的眼睛。

冰雪裹袭松散的泥土开始呐喊，喊痛了喉咙，喊痛了山头，也喊痛了这个城市子民的肩头。

俯视众生的高山，在坍塌的楼宇中听到了苦难的韧性。

卓尼禅定寺是否卦中是谁嫉妒它的富庶？

沉默的羊群是神示的悲悯，一声粗犷的吆喝扬成一根长鞭，抽打着轮回。

山顶猎猎的经幡，与老阿妈手中的转经筒对视，于是，所有苦难的灵魂，在旋转中重生。

被山风吹散的骨头，用粗糙的眼神抚摸大地。亦如红衣喇嘛的僧袍，里面藏着日月和星辰。

（选自《鹿鸣》2018 年第 10 期）

道法自然（外一章）

葛小明

一场雨，均匀地落满人间。

所有寺庙开始撞钟。一声，两声，三声，万物声。

沉默了两千七百年的大钟有点不知所措，披在身上的字跟着雨水抖落，黑的，白的，黄的，都掉进泥土。

没烧完的香，从炉里冲出来，跟着雨水入土为安。

人间烟火就这么散去吧。

雨没停，所以钟声没停。

一粒灰烬里的种子却忍不住了，它要提前破土。它还要等到钟上的文字脱落干净，省得砸伤自己。

有四个字是不用等的：道法自然。

上善若水

水从山上下来，落到最低的平原，青草和收成相互争宠。后来青草泛滥，淹了庄稼，农人不得不锄草。

草没除净，庄稼倒没了。

水还在往下游，下游不缺水，缺灾。

下游的人很懒，从不下地，这下有得忙了。

忙到秋天，开始相信人间至善。

上善若水，水善利万物而不争。

秋天深处，我们才是信徒。

（选自《大沽河》2018年第2期）

滑台记（二章）

葛道吉

认识与不认识之间

是说这个“滑”字。

认字拼音的时候，滑字很简单，简单到它仅仅是个滑字，滑到让你摔个仰八叉。今天再读这个滑字，却失了原来的概念，一时找寻不到滑腻的感觉。是因了在滑县，难道被烧鸡的腻滑掩盖了？

就找寻到以前的滑州，又探访滑州以前的滑台，仍然雾水盈盈。心想，不还是邻水的坚硬吗？

只好追溯到周朝，《重修滑县志》有载：“周公次八子伯爵封于滑，为滑伯。”滑伯本姬姓，后裔改为滑氏。《汉语大词典》7936页说：唐李吉甫《元和郡县志·河南道四·滑州》载：“……昔滑氏为垒，后人增以为城，甚高峻艰险，临河亦有台。”《水经注》曰：“旧说，滑台人自修筑此城，因以名焉。”以后滑县的滑就自不必说。

难道始于滑伯？权且吧！后裔滑姓，那是自然。想寻找滑伯封于滑地，这个起始的滑有什么来头，不可而知。难道这正是一则散文诗？让后人的臆想去飞翔？

滑伯未到任以前就是滑地，那便更是深邃。到在一个黄水浸漫荒草避天的荒蛮之地，心中徒生一个滑字出现，一定有他谜一样的天机及背景里的深沉，后人只管享用，无须翻找没有文字记载的猜测与荒凉，那倒常常出力不讨好，弄出个笑话也不无可能。

更为滑稽的是，当你绞尽脑汁的时候，滑伯淡淡一笑，随便一个汉字而已！

便没趣儿……

读三遍：滑，滑，滑，滑台的滑，滑州的滑，滑县的滑。

新与旧的无与伦比

修旧复古在当下成了一种时髦。

特殊环境下耀眼的人文装点，古、旧甚或残片反而光芒四射。物质有不灭之定律，然风雨雷电加之恒久时间的侵蚀，加之人为恶作剧的肢解分离，原貌成为想象。在不灭定律的支持下，生产加工出崭新的古旧，尽管有了点久远的味道，但是终为不能惟妙惟肖创造出日照风蚀的本真而苦恼。

在古镇，我不想去探究青砖的旧与新，不想去强作深沉拍照留影。我会面对一堵残墙，我会踏上溜光凹陷了的滑腻青石，臆想昔日的景光。

规规整整的街面，两旁店铺陈列，一律黑旧深邃。大多板门紧锁。有电锯尖锐聒耳声从门缝挤出，在冷落了的古街飘荡。主人想好了，一旦古镇复活，店面投用便是自然。

阳光在深秋的上午表现出利落，把高处瓦缝中赫然招摇的褐灰色瓦星镀上亮光，一闪一闪炫耀。它在盼水吗？有风徐来，它不为所动。原来，它是在抗议，公路铁路交通的原因，从此没再听到基因里熟悉的纤夫之歌，更看不到纤夫健硕的体格。

码头失却了繁茂，铁锚在泥土里用锈迹作伴。喧闹的街面门店清冷清闲到遗忘的边缘，难怪瓦星也读懂了招商的含义。

行走在历史的深巷里，行走在无边的冷落和寂寞里，这眼前生发光芒间或的古旧，这眼前古旧的创造复制与粘贴，不时在冲撞着现实的思维：牛鼻子在哪？

旧色凝重的房檐，配上大红灯笼的映照，和太阳媲美，就黯淡失色了，显摆出泛白的沧桑在灯笼上晃荡。隔壁耐不住时光的冷落，现代化建筑赫然在立，挂了瓷砖的墙壁，通透的落地铝合金门窗，配之时髦的华丽窗帘，古镇出现当代流行之风。

在古旧与现代的冷落融合里，无与伦比的清晰。

（选自 2018 年 1 月 10 日《河南日报》）

时间的芦苇（外一章）

敬　笃

在北方，秋天的颜色，总会在不合时宜的冬天被人看淡，斑斓的色彩化作枯木，瑟瑟的站立于雪花之中。

摄氏零下二十度的思维，似乎被冰化了，天的蓝也显得极为冷漠。

寒风阵阵，锥心的疼痛，是时间的芦苇，被折断了秸秆，等变幻的天，给一个合适的归属。

或被白色渲染的大地，在茫茫飞雪之中，一束束孤独的梅花迎面而来，并没有香气扑鼻，那注定的遗忘，只是匆匆忙忙。

厚厚的手套，握一把油纸伞，伫立雪中，看行人奔走，或疾、或缓，仅仅是代表一种心态罢了！

温一壶老酒，和冬天对话，笑谈生命的久长与短暂，某些注定的机缘，就让它随时间一起步入正轨吧。

远处在风中飘摇的芦苇，默不作声，即使河面的寒冰早已占据了它的生存空间，它并不畏惧，时间是它对抗冰凌的唯一信仰。

岁月安好，一切都是暂时的，唯有时间永恒。

幽暗之地

换一种方式感知世界，也许我们可以觉察到新的美好。

在这幽暗之地，原来一切都是如此的公平。伸出双手，迎接看不见的风和泥土的味道，浓密的自然之物，如此真切。

轻轻地迈开步子，吮吸植物的养分，均衡的享受着最原初的气息。

此刻，众生平等，曾被高楼遮挡的阳光，也会在夜的空中臣服，只有某些住家户的灯悬置着，并不能打扰这夜的黑。

安静的小路上，可以听得到自己微弱的呼吸，证明生命穿梭于幽暗之地，展开一场关乎形而上学的对话。

摘一片树叶，放在手心，把温度传送给它，把语言递给它，也许在某个不确定的时间里，我们还会相遇。

尝试着吹响叶子，来自植物的倾诉，是如此的动人。

席地而坐，聆听夜的歌曲，或温柔、或劲爆、或摇滚、或民谣、或抒情、或恬静，短暂的时光里，可以体验破碎的交响，入骨又传神。

我躲在幽暗之地，读一首关于人生的诗，起承转合间，生与死早就被淡化在空气中，没了踪影。

凝望天空，游动的星星，眨着眼睛，像淘气的孩子一样，一会在左，一会在右。

我摸索着前行，数着脚步，丈量由此及彼的距离，躲在地上的标识并不认识远方的目的地。

前方有光，有一束刺透幽暗的光，它来自哪里？

（选自《秦都》2018 年第 4 期）

神的信使在途中（外一章）

韩　冰

七步村，万顷的阳光也羞于再见到你。你，像一朵轻盈的菊花瓣落入脚下的泥土里。

宁静，安详。仿佛月光刚刚拂过。瞬间就跨越了苦涩、乃至香醇的一生。

我们离开七步村前沏上的那杯菊花茶，还静静地守在那里。水中的花瓣或浮在水面，或沉入杯底，传递大自然给予人类的缕缕醒示和恩赐。

说来就来的雨，打在茶室的瓦楞上，打在蓬勃的菊花枝叶上。一些雨水飞溅起来，一滴一滴仿佛一颗颗弹跳的心。

我们忍不住哭泣，亲人啊，你可知道，天使即使折断了一双翅膀，还可以借用一只蝴蝶的翅膀掀起太平洋上的风暴，来改变命运的走向。

而如今，

最艰难的，是继续浸淫、沉浮于苦难的人世间。深怀敬畏、感恩之心，维护秩序。除此之外，对一切都无能为力。

就像我们。不仅有惊喜，还有悲伤。

而你，曾是神的信使，在途中。

我们遥望，一边流泪，一边笑出了声。

他把波涛压了下来

秋日的小浪底，波澜不惊。

在明艳的阳光下，他投下巨大的影子。仙女，牛郎，洛神，这些来自天上的神仙，让天，空置下来。

这些仙界里的悲欢的事，总能在人间找到慰藉。而人间的事情实在太多，总让人停不下脚步。

扑面而来的波涛仿佛万花筒，展现的景象，永远不同。

我们放松下来，空中的雄鹰滑翔了一次又一次。在我们看不见的地方。

一只小松鼠一闪而过，带走了我们的远方。

我们毫无经验，被撕裂的笑容和泪珠埋在了遥远的冬季。

我们被四周飘飞的花瓣拍打着，天上和地上的事，被两岸高大的树木低垂的璎珞拍打着。

坚实的堤坝上，一样的景致，风带走的却是不同的花朵。我们有迷惑自己的理由，并以此分管着不同的人生渡口。

杯沿上看不见的波浪起伏着，口哨声压碎了浪花。

每一次的赞扬和诋毁，都是新的开始。

挖掘，疏通。我们都有自己的快速通道。

爱上它，并承担它的脆弱与强大。

在转身离开的瞬间，我看见小浪底上空的一面红旗猎猎飘扬，仿佛守护的神。

风吹云动，心浮出水面。他把波涛压了下来。

谁此刻安宁，内心就永远安宁。舒畅。

这世界上最逶迤的山水。

（选自《大河文学》2018 年第 2 期）

巴山夜语（外一章）

韩嘉川

好好睡吧，孩子。巴山夜雨又涨满了秋天的池塘。

道路与桥梁亦如松动的牙齿，已咬不住时光；老树的根须也抓不住山体的流向。

而昏黄的灯晕，把妈妈的影子往事一样推到墙上，然后摇曳着雨丝的窗帘儿，向外窥望。

你爸爸在远方，骑着摩托车给年轻人快递时尚；

坚硬的笑容，同路旁的法桐树叶子一起，飘落满地辉煌。

好好睡吧，我的孩子。雨水填满了夜的所有角落。

妈妈怀抱的温暖与气息在淡去，像老屋烟熏的味道只是你身份的底色；

条条雨线丈量着山村与城市的距离，那是你长长的命运线。

而那里的广厦已屏蔽了风雨，落地玻璃窗与高高的台阶光洁熠熠。

你爸爸在那里，骑着摩托车将外卖送到现代生活的细处；

夜本来没有多少分量，是你入眠的鼻息，羽毛一样编成他的翅羽。

好好睡吧，我可爱的孩子。季节已涨满了河床。

秋虫的嘶鸣对淅沥的追问闪烁其辞，阴雾中山道的走向亦语焉不详，锈蚀的铁轨依然当当敲亮漏雨教室的晨光。

瑟缩不已的枝头挂满雨珠，是另一种文字在书写天地。

而泱泱秋水，是所有的目光汇成的瞩望。

你爸爸的远方，摩托车骑乘着大街小巷；

翻拣城市遗弃的光色，为你拼贴未来的梦想……

姑苏的雨

江南的雨，无骨。

是从苏州古城的夜开始下的，那里的墨汁在浓淡之间濡染着岁月。

温润着粉墙黛瓦，加柳丝和苔藓的绿；

温润着小桥、栈廊、棱窗，还有小姑娘的目光，软软的，香樟树的影子一样，罩着小船儿缓缓而去的涟漪。

水洼圈圈点点地将裙角、膝盖与凉鞋囊括了进去，还有男孩儿的胶皮鞋调皮地将笑声溅起在小姑娘的心里。

檐头草心事一样冒出瓦楞的缝隙，檐下的每一只水滴，都是汪汪的眼睛，溜溜地注视着临岸的石基。

门面大开的日杂店，高高柜面上的老酒坛子装满了女儿红，却闷声不语；

竹篓与斗笠却将一湖风光挂在了油漆剥落的木板墙上，做生活的标本。

提梁壶里的茶泡了没有多久，喁喁的媒妁之言还残留在四壁。

那些竹椅也还在廊下，与阿婆手上的菜豆一起，品咂脚步走去的距离。

江南的雨，无骨。

（选自《星星·散文诗》2018年第6期）

秋风辞

朝　颜

1

“喓喓草虫，趯趯阜螽；未见君子，忧心忡忡。”

秋风吹落的秘密，从来都被低处的耳朵掌握。

靠着一个季节的支撑，你降低自己，在黑夜，在泥土的高度，在草虫和阜螽的高度。

隐伏者，需要用反复吟唱、反复徘徊的方式道出爱。而他在离你遥远的光明处奔跑，他有他的漩涡和浪花。

晚风微凉，草籽簌簌落地，拍打着翅膀的候鸟，停歇在月光下。沉溺于执念的人，自甘躲在秋天的树荫下，成为黑暗的一部分。

不必告诉他你的忧伤，不必拿眼泪当作秋天的修辞。再热烈的相遇，燃烧过后，都是一地灰烬。

一滴露珠落下来，打湿的不止是睫毛。秋天都来了，那个让你忧心忡忡的人，他不会来。一整个季节，你的光阴都是虚设。

事实上，没有一个秋天是用来憧憬的。剩下的残局，该由谁来收拾？

2

“萚兮萚兮，风其吹女。叔兮伯兮，倡予和女。”

在秋天，一枚叶子用光了它的深情，世界的寂静和辽阔被风声说出。

风翻动着枯萎的一切，仿佛要把生趣从大地上掏空。时间并没有因此而走得更快，但你仍旧感到了难以言说的忧伤。那些沁入骨髓的凉意，那些触目可见的衰老和死亡，加深了你的彷徨。

更多的忧郁和寂寞无从排遣也无从说出。此刻，你多么需要唱一首秋天的歌，需要有人和着你的节拍一同唱出心中的感伤。“叔兮伯兮”，你呼唤的人，会不会像影子一样停留在你身旁？

风起叶落的时候，有谁懂得你的留恋和渴望，有谁将你内心的病症唱成了他终生的顽疾？

秋水苍茫，从一颗心进入另一颗心，其实并没有那么容易。像香消在风起雨后，无人来嗅。多少花红柳绿在轮回里交出了全部，只有秋风会用心埋葬它们的骨殖。

有时候，拆除一道樊篱，会用尽人一生的力气。悲凉是浸在命里的箴言。

3

“蒹葭苍苍，白露为霜。所谓伊人，在水一方。”

站进深秋的事物，难免自带寒凉。

天已破晓，意义落空。那芦苇的苍青和霜露的白，俱成为挂在心上的苍茫。

仍然有一条河横亘在追寻的路途上。秋水漫漫，那遥遥飘忽的美丽景象依稀可见。你伸出双手，想要捉住些什么：爱人、友谊、福地，还是一个总也不愿忘记的梦？

秋天很快就要用完了，致命的诱惑还在远处若隐若现。从黑夜到白天，环绕着一条河流的来处和去处，你反复举步，来回奔忙，像一只在秋风中飘荡的风筝。

离不开，也走不近。徘徊是你一生的宿命。

美到极致的念想，总是长着一张可望而不可即的脸孔。你听啊，虫声寂寂，偌大的世界只有你还在且行且歌。

即便前方只有镜中月、水中花、海市蜃楼，只有永不能企及的幻象……

明天，你还将头顶星辰，穿过冰冷的霜花，足尖朝着伊人所在的方向。

（选自《伊犁河》2018 年第 1 期）

风不动声色地吹着树

栗辉龙

都无能为力，我们无能为力阻止任何一次风吹。这个无所不能的英雄，曾经、现在，抑或将来都是英雄。

风，不动声色地吹着，树摇晃了起来……

春天是花的季节，春风悄悄说出了一些小小秘密。红的、白的、黄的、橙的、蓝的、靛的、紫的，她们争先恐后打开了身体，亮出了自己的人生馥郁。

叶芽紧咬牙根，在一朵花的背后，一次次蜕变，无声无息的馨香，散开了枝。绿肥红瘦的春天，失魂落魄也是一种幸福吧……

风吹开了花，又裁出了细叶，在春天。

秋天是叶的季节，风吹过黄昏，落叶飘起来。黄的、红的、紫的、棕的、灰的，他们手拉着手，在时光中温暖地老去，老成了颤巍巍的落叶。

沉甸甸的秋风，请屏住呼吸，你轻轻的一声，就会将他们吹灭。

生一次，死一次。叶落归根，这一生都不离不弃。

风，吹着。

吹开了含苞待放的花朵，也吹黄了葳蕤的树叶；把树吹出了春夏的绚丽多彩，也把树吹出了秋冬的叶落凋零。

风……吹走了一个季节，又吹来了一个季节。吹黑了白天，吹亮了黑夜，吹着吹着，四季就轮回了，转了一个圈，又回到了原点。

风不动声色地吹着树。

什么都在变，唯独风，不停地吹……

（选自《诗潮》2018 年第 1 期）

黄河故道，梦与醒的距离（二章）

棠　棣

故道，故道，岁月的吻痕

穿过肉体和土地，穿过白天和夜晚，你扭结成大地缝合后又撕裂的伤，在打开与关闭的瞬间，擦亮日月星辰的火。

黄河在生命的史册中穿行，即便没有水，或者永远不再有水，仍然给人以洞穿岁月的苍茫。

六百年，弹指一挥，阴文或阳文的水贴着大地呈现，以篆书，诠释出黄河故道的前世今生。日夜不息的奔腾咆哮积淀成豫北大地上灼痛的记忆。

黄河之水，天上来；黄河之水，心上来。千里故道为缘河而居的子民钤下种族的戳记。浩浩汤汤的大水已随时光而去，但水声却在一代代人的心头喧响。

长堤蜿蜒，标注着黄河水昔日的流向，六百年后，葱茏的是伤逝与缅怀。一棵棵树，一茎茎草，翠绿的叶片翻卷成风中的浪涛，让岁月沉潜，如脚下的淤沙，成为翻页的黄历。

槐林。羊群。昔日的河床。季节的风里，茂盛着涛声之外的生命形态，让爱与追忆游走于光阴的腹地。

我就是那一粒黄沙

我就是那一粒黄沙，把你方圆千里的曾经，还原成梦中的故园。散尽了浊浪滚滚的澎湃，却冷不去我心头灼热的深情。

记忆从一棵碱蓬开始，我以四万八千里的跌宕起伏，和你共同修订着命运的册页。

岁月流殇，我是梦醒之后的彷徨。

天空，群星闪亮；大地，亲族寂寂。在世人眼中，一粒沙与另一粒沙没有任何区别。只有我们自己懂得，石头与石头的撞击，漩涡与漩涡的磨砺。

无数个夜晚，我们沸腾，我们呐喊，我们以生命的铿锵节奏醉舞与狂歌。

雄浑着历史长空的悲壮，卑微着沧海一粟的渺茫。

我就是一粒黄沙，在风中流浪了几个百年之后认祖归宗，在这个夜晚，以眼角的泪水映亮月色，以生命的悸动回溯涛声。

听，滔滔大水呼啸而来，从千里之外，洞穿我的梦境。我就静静地坐着，记录着岁月之外一波又一波游走的日子，让泪水润泽身前那一棵稗草。

（选自《呦呦诗刊》2018 年第 2 期）

人间终究灿烂

喻子涵

1

剪下天堂的一角曼妙铺在金桥，秋的黄金，一路回报春夏的蓬勃。

打马跑过天空，弹拨那些迷人的丝弦，抚摩那些梦幻的色块，难道不是马尾飘逸的纹路，头顶洒落的蔚蓝，马蹄溅起的云彩？

翻开日升月落的日子，彩虹编织大大小小的花瓣，长枝短叶间的笑脸深深浅浅，不知绽开多少回美妙的季节。

万千怀抱散发万千馨香，万千气象萦绕万千梦想。

旋律一直在回荡："日子总会亮堂，麦子总又再黄。"歌里唱的，既是现实，也是希望。

苍天体恤大地，大地体恤民情。人间，终究灿烂。

时时刻刻的期待，直到果实满山金黄遍地时，谁是山外稀客，男神女神有步子向田园款款而来？

2

麻翁尚在，一座老旧的屯堡，在树荫的虫鸣中叙述着沧桑。

黄土越来越黄，青石越来越青。那是时间炼制的肤色。

从南门到北门，从东门到西门，古堡的年轮湿漉漉地旋转。

再上城墙，视野远比天空悠然，心情远比大地辽阔。

远方归远方，繁盛归繁盛。而宁静始终归于宁静。

历史的使命是让石头温暖着石头，守着梦和不朽。

每一事物，都是人生的启示。

每个晨昏，都是生命的接续。

沿着麻翁的步子，走进漫不经心的野草和牛群，小道和房门。

谁能沿着炊烟继续走下去，就会进入蓝天白云、明月清风。

战争远去的时代，石墙的伟大正在于阻隔喧嚣和欲望。

一吨自产自销的阳光，不用与谁争夺。

3

千万年弥天大雾，诸天繁星夜洒玉水不为人知。一轮旭日终于破云开天，万万没有想到，金盆投下的地方恰是一弯玉水。

谁能领会养鹤山上的摩崖石偈，早已向人道破玄机。隐秘而伟大的造化，不是肉眼所见能够解释。

我总希望人间多一些美好的故事，更相信天上总有一双眼睛眷顾着我们。

莲花坡上目睹真容，不是每个人都有机缘。要记住，只有心里装着神明的人才能感知神的心思。

大地盛开的花，凤凰起居的巢，神仙歌舞之台，梦幻生长之地。

银河璀璨它也璀璨，天地旋转它也旋转。

神说，玉水金盆无非山水组合，而活灵活现的景象不是每个时候都为你展现。

秋冬春夏，雾雪晨昏，信任它的传说就会闪烁它的神韵。

你最想来的时候，一定是它辉煌灿烂的时刻。

（选自 2018 年 10 月 17 日《湖州晚报》）

雪霁

鲁本胜

鹰的追逐之舞，
把飘飘洒洒的诗兴，贯穿了飞天的内容。

克什克腾大坝，一条冰清玉洁的大鳄。
还在睡吗？

那么多鸟，秋草，树木，日月，正挂起乡愁殷红的标记，
很抒情的背影……

灵魂，一丝渴望亮起。
心间，一缕诗思奔涌。
天地间一片澄澈干净……

坝醒来。
无边雪意，诗之翼翅，
处处升腾！

（选自《山东文学》2018年第6期下半月刊）

生命的茶园

鲁芸妍

一座花园，在他的眼中就是一片废墟。他说它们错过了自己的驿站。他说，它们还会错过打谷场、一阵雨、和一眼井。

从那里走过的人都会失忆。包括草木，包括虫鸟。直到遇见谷雨，遇见茶园。

油绿绿的山路上走过的身影，遮住了屋檐下所有的忧伤。

掀起茶盖，一碗茶汤闪出光芒，满园旖旎。篱笆墙外已少了春风。身后的蔷薇发出绿光。一只小蜜蜂，等待伸出的枝条。

花影疏漏，羽摇残梦。轻轻捧起茶盏，像捧着一鼎小香炉。

喝了一口茶，他停顿下来，凝视杯中的茶，默不作声。仿佛一座走失的茶园，正与退潮后的另一片茶园做秘密交谈。

午后，微雨，黄昏的窗外，几只鸟儿悠然飞过。

屋角，团在几张荷叶上小青蛙的鸣叫，让佛龛上的檀香又短了几分。

杯中的叶片还在上下起伏着，探究着自己的人生。

我们拿出夜晚，拿出白昼，拿出星星和太阳来，唤醒沉睡在杯底的银河。

大队人马走过，一个人留了下来。

天边又响起滚雷。他从原木书架上取下一卷经书。他在里面松土、种茶，汲取甘甜的井水，滋润日益焦渴的尘世。仿佛一个蹲下说话的人在探究他生命里的湖泊。

随手拈来的一注水，抹去历经尘世的慌乱。一些人通过水路，脱离了苦海和险境。一些人绕过倾斜的花架，被诚实的大地收留。

另外一些人，仿佛沾满时光尘埃的老梗茶叶，等在喧嚣的岁月里，慢慢舒展。

唯有反复浸泡，独自把味，提醇。

才能减少内心沉寂的苦涩和疼痛。远离尘世之苦。

谷雨。茶。岁月静好。

（选自《大河文学》2018 年第 1 期）

在舟曲

鲁绪刚

一个古老而幸福的小城，一阕锦绣的山河。

留下的脚印，一半好奇，一半惊喜，身边来来往往的人，证明着自己与舟曲有缘。

无法从他们的脸上，看出来自哪一个省份，要去哪里？

无法拒绝一个古城广阔的接纳。

那些深浅不一的人，踩着曾经深浅不一的朝代，在1700多年的羌道与洮河以东都是过客，有许多遗憾的足印。

行走在历史和现实的灵魂，依靠信仰照亮行程。岁月留下的峰迭古城与罗罗舞、朵迪舞，仅仅抖了抖身上的灰尘，就让我迷茫和沧桑了半生，找不到宿命的旧址。

此时，沙棘花还没有盛开，内心的灯火还未点燃，白龙江边那堆燃烧的篝火，虽不能驱走冰雪和冬天，可以赶走眼前那一片黑暗。

躲过了无数个动乱的朝代，除了阳光和水，举目无亲，注定躲不过那转经筒里的一个劫。

在舟曲，每一步都谨小慎微，链接甘南大地的悲悯，占单寺燃着的佛灯，有一盏终究会来认领我，让我做一棵安静的菩提，疏浚心灵狭窄的河流。

落地生根，才是一具肉身最好的归宿。

我想尽量把舟曲的古寨、古树、古庙、古磨、白塔、望母石装进眼眶，尽管舟曲的景色永远也装不完，因为这里是“神仙喜爱的地方”。那座比我年龄大很多的拉尕山，华阳古城，有一块石头好像认识我，指给我走出黑夜的道路。

坚持和平淡是最真实的辽阔，感同身受，才是一个人和这片神奇土地的契约。

在拉尕山，时间借我一个旷野和一轮落日，且远眺，且沉沦。格萨尔王携珠牡王妃取道降魔的传说，已随白龙江流传了千年。按照历史的程序活着，我的灵魂只能蛰伏在史书里文字的夹缝，回忆是生命中最古典的一种瘦，而幸运钟浑厚的钟声，醍醐了我一度病入膏肓的欲望。

我的名字将越来越陈旧，像舟曲的白塔、麻尼经轮、经幡和寺院，时光注定要不断翻新，不断露出新鲜的疼痛。在沙滩森林公园，我的身影投在一棵古柏上，成了一个盲点，任凭风霜如何雕刻，也无法改变我贫民的本质

甘南的风在反复搓洗我的骨头，布施着上好的山水。

行走在俗世的灵魂，依靠良心和感恩支撑行程，阳光照耀的舟曲，仅仅用了一种手法，就让我们收获了不一样的快感，找到了活着的颜色。

（选自《散文诗》2018 年第 12 期下半月刊）

黎明前的视域（二章）

鲁　橹

银熊石

光揪着它的右耳，卷曲的毛发像一条细小的水流。

大自然封闭了冬季的入口，它站在朝向黎明的那一面，脸部委屈。

它到底心有不甘。

一只手扭曲到后背。它站立，又似是半蹲。

一点儿的媚态都不愿献出。

面对注目礼，它只想收藏起自己的银色。

这种炫目，像罪过。

瓦　当

把一片瓦当作茶洗，清水和茶叶的雾岚中，它日渐光滑。

我常常盯着它发呆。

有时候，比如说黑夜，我能听到它的控诉，它用利剑一样白亮的光，刺我。

它全然忘记：在一片枯败的乱石中，遭遇了我。

它已失去纯黄土壤的秉性，菊花的雕饰线条模糊，它如果不用水洗，是否暗昧浑浊？

当年的美好我只能想象：它在挂着铃铛的屋檐，它与琉璃花墙的暧昧，它在鸟叫的晨曦里……

它的时代已经远去。

抑或。它该被一个艺术系的人携去，或许能诞生一个更为精致的雕塑；

它该被一个音乐系的人携去，或许能诞生更为美妙的乐曲；

甚或。撷取它的人，是个懂得刺绣和剑术的女子；

而我，只把它作了茶洗，这种虚空中的静止，它无法拒绝，无法挣脱。

我在袅袅的茶雾中，发现一份无法释怀的陌生。

如同我抗拒人世的某种身份。

（选自《上海诗人》2018 年第 6 期）

繁花

微雨含烟

一

喜欢繁花这两个字，然后才是细碎的花朵，密密匝匝的，像繁星。大概因为冬天太长了，渴望被一群花朵包围。

格桑花、满天星、雏菊以及一年蓬，是我喜欢的。举着纯净的色彩，密集地开花，簇拥着在一起，成片成片随风拂动。不能单独拿出其中的一朵，而是一簇，一片，一整个山坡。成群地在一起，是不是具有一种安全感？风来时，彼此照应着，相牵着倒向风，再弹回来，倒下去，如此这般，整面山坡都律动起来。

二

想起母亲在菜园里种过的花。那个年代，菜园里种花的不多。窗台下，胭脂扣、串红、鸡冠花占据着菜园的一部分。那是母亲仅有的一小块浪漫之地。

我和母亲一起趴在窗台看花，有时会跳下去，折几朵，在地面挖开一个洞，将整朵花或是零散的花瓣放进去，盖上一块玻璃，撒上一层细土，第二天早上扒开，玻璃下的花瓣已经挂满了水珠，没有比它再美的事物。整个童年，最美好的记忆也便是它了。而今，母亲去了另一个世界，再也不会有人为我种下一片花。

三

他说南方的梅花开了，在梅园，是一阙冷艳的词。他完全忘掉了人在异乡的漂泊，也忘了我从没见过梅花。

许多南方朋友也在朋友圈里晒梅花。宫粉梅和绿萼。身在北方，不知道梅花是正常的。不知梅但可以喜欢梅。先有花再有叶的梅，不知为谁这样恣意地绽放着。身在远方的我，似乎闻得到它们雅致的香气。我喜欢粉色的一切，但我更喜欢绿萼的纯净。

北方无梅，也无雨。风一直在吹。

四

无休无尽的大风，是北方春天的标配。睡梦里、白昼中，风都在呜呜响着，一点儿不讲温柔，一点儿不讲浪漫，这是北方春风的霸道。就是在这样的肆虐中，小草长了芽儿，婆婆纳开出蓝色的小花朵，让你不得不欣喜终于看到了春天的色彩，终于可以和许多灰暗的东西告别。

一本植物书里说草木是最言而有信的。一年来一回，不变的生命轮回使它们信守着对大地的承诺。这一季的错过，会在来年得到回应。而我们若是错过了，也许一生都不会再有交集。

所有繁华都是蕴积了许久才得以呈现的。正如我们不远万里，在列车上相遇，绝非偶然。六月的凌霄花开了，七月里白荷举着那盏灯在等雨，直到九月，月桂花开在生日的祝福中，我才知道，有一片格桑花开在奔向你的路上。

那么密集的格桑花迎着风，像我迎向你的心。

（选自《星星·散文诗》2018 年第 8 期）

历史的回声（三章）

蔡　旭

高脚牛车

高脚牛车，现在已见不到了。它已被岁月所屏蔽。

这种车高 2.1 米，辕长 4.6 米，斗长 2.2 米，斗宽 1.8 米，有着直径 1.8 米车轮的庞然大物，只在史册上记载。

也许你难以相信，却不得不信。

至今广东遂溪调丰村的玄武岩石坡，还有两道 60 米长的车辙可以作证。

它碾压出的沟痕，竟有 70 厘米之深！

高脚牛车，用四头牛拉着，在唐宋的凄风苦雨中艰难跋涉。

连接着南到雷州府北至遂溪郡的 30 里官路。

承载着物资运输、军队调防、官员谪迁、信件传送的重任。

承载着一千年沉重的历史，日夜兼程，风雨兼程。

苏东坡坐过，寇准、李纲坐过，苏辙、秦观、赵鼎、李光、胡铨，也曾同它相伴而行……

高脚牛车，现在已见不到了。

但历史是无法屏蔽的。

尽管这条千年古官道，也曾被半米深的尘土掩埋过一百年。

不过一把开荒的锄头，就掀开了本来的面目。

现在，谁都可以见得到，石头上两道深刻的车辙上，分明还在转动着——

历史的车轮。

（选自《新民晚报》2018 年 12 月 29 日）

湛江寸金桥

要拍照，我必须站在寸金桥下。

是的，它并不高。但它很高大，很伟大。

它是一座纪念碑。我需要瞻仰。

脚下就是赤坎河，又叫文章河。这是湛江人保家卫国，英勇抗法的见证。

那是 1898 年，法国人派兵攻占当时的广州湾，自拟租界，烧杀掠夺。湛江人揭旗抗法，誓师起义。

长达一年半的战斗中，用长矛、大刀、棍棒，迎头痛击了洋枪洋炮。

先烈的鲜血染红了文章河，不屈的灵魂守护着赤坎桥。

尽管耻辱的清政府被迫在租约上签了字，但法国慑于湛江人的反抗，不得不把租界范围从一百数十里缩小到三十里，退至赤坎桥为界。

后来，湛江人把赤坎桥改名寸金桥。

至此，湛江人的灵魂就是寸金桥。

如今，我就站在寸金桥下，同这座抗敌纪念碑合影。

桥拱上方，是共和国副主席董必武题写的桥名，“寸金桥”三个大字何等威武。

桥头还有郭沫若先生的题词：“一寸河山一寸金”。

这，正是寸金桥的态度。

也是一个民族的态度。

（选自《新民晚报》2018 年 2 月 26 日）

面对法国公使署旧址

这座三层混凝土楼房，看起来还是很漂亮的。

一层设为基座及地下室，三层以上筑钟楼。正门有弧形台阶，直通二楼，二、三层均有欧式花栏围廊。室内宽敞，筑有壁炉、装饰性门窗。

这是鲜明的近代西式建筑风格。

不过说到它的前主人，就是很丑恶的了。

1899 年，法帝国主义强占了这块土地，把它叫作广州湾。

1903 年，法国人建起了这座房子，作为广州湾法国公使署及法军指挥部，直到 1943 年。

后来又被日本侵略军占领，成为日军司令部，1945 年才收归中国。

多少阴谋在这里策划？多少烧杀的指令从这里发出？

因了它身上的斑斑血债，几次差一点就被拆除。

也因了它目击过许多罪恶，它成了保护文物。

从市级文物，到省级文物，到全国重点保护文物。

它就是一座房子而已。它不是罪人，它是证人。

为外国侵略者的罪行作证，为中华民族的苦难作证。

这一天，我站在它的面前，听它无言地诉说。

控诉着，落后就要挨打，软弱就要挨打。

警醒着，不要安枕于太平盛世，不论在什么时候，不论是什么国家，总还会有人——

有亡我之心。

（选自《新民晚报》2018 年 10 月 10 日）

楠溪江（二章）

箫 风

在楠溪，我想做一尾自在的鱼

一条江以诗歌的名义，穿越一千六百年风雨，洗涤着我们一路风尘，洗涤着我们蒙尘的心。

筏在江上行，人在画中游。乘着竹筏漂流的诗人们，像一群随心游荡的闲云，栖落在波光潋滟的江面上，与河水一起缓缓流淌，缓缓地流向诗与远方。

而此刻，我只想做一尾鱼，融入楠溪江碧澈透亮的清波里。在这个空灵静美的世界，唯有选择这样的方式，与江水来一次亲密的相拥，才能真正贴近楠溪江的心跳，才能真正体味母亲怀抱的温暖。

此刻，想做一尾小小的溪鱼，自由自在地游来游去。让灵魂在楠溪江里来一次裸泳，听浪花与浪花快乐地交头私语，看阳光与时光在江面上自由流淌。

或者，什么都不想，什么也不做，让思想像天空一样澄澈，让心灵像江水一样透明。

我愿在这一刻慢慢地老去，像一尾自由自在的鱼，沉醉在楠溪江纯净辽阔的清波里，抛弃世间的恩怨情仇，忘却人生的喜怒哀乐。

从此，与永嘉山水为伴，随缘而定，随遇而安。

说不尽的楠溪江

楠溪江的水是清澈的。

清澈得可数一尾尾逆流而上的溪鱼，可观一枚枚静卧溪底的卵石，可照见谢灵运泛舟楠溪时留下的飘逸倒影。

清澈的溪水初恋般纯净圣洁，让人直想掏出心来，在溪水里洗一洗，洗去世尘喧嚣，洗去执念妄欲，洗去疲惫忧怨，

只留下一颗本真的心！

楠溪江的山是奇特的。

狮子岩的传说，石桅岩的帆影，太平岩的奇崛，大若岩的清幽，以及十二峰的秀丽多姿、崖下库的陡崖绝壁……

岩岩惟妙惟肖，峰峰姿态各异，溪光山影交相辉映，渔樵问答妙趣横生，演绎成我心中最美的山水诗、绝世的水墨画。

楠溪江的林是秀美的。

松林雄健挺拔，竹林青翠深幽，枫香林娇妍俊秀，灌木林野趣天成……

一叶扁舟江上行，两岸滩林眼底收。

这郁郁葱葱的五万亩滩林，与一江清流、碧潭唇齿相依，与两岸田园、村舍交织掩映，为悠悠楠溪江平添几分秀色。

楠溪江的村是古朴的。

苍坡村的“文房四宝”，芙蓉村的“七星八斗”，岩头村的丽水廊街，棣头村的松风水月，屿北村的耕读遗风，林坑村的桃源人家……

“楠溪山水美，古村藏珍奇。”一座座古村落依山傍水，素颜朝天，质朴而恬淡，像一颗颗未经雕琢的玉石，散落在蜿蜒三百里的楠溪江畔。

楠溪江的人是有福的。

这里有一条流淌千年的诗之江，每一朵浪花依然押着千年不朽的韵脚；这里是一方颐养身心的桃花源，每一位生活在楠溪江畔的人都是寄情山水的隐者。

“永远的山水诗，最后的桃花源。”——这是楠溪人的骄傲。

“如果你累了，就来楠溪江吧！” ——这是楠溪人的召唤！

（选自《湖州晚报·散文诗月刊》2018 年第 6 期）

青海湖写意（二章）

鲜　圣

水上光阴

那些湛蓝，构成另一片天空。鸟飞翔，把湛蓝的水，打破，鸟影进入，鸟成了天与湖之间旋转的一朵水花。

在水上度过一生的光阴，一只斑头雁或者一只黑颈鹤的选择，镶嵌在青海湖里，青海湖就有了繁衍的欲望。

我伸手，接纳住鸟语里的欢快。

我准备的食物不多，一只棕头鸥从水上飞起来，啄食我手中撒出去的食物，一声鸣叫，宁静了港湾。

光阴起伏，岸上的人，依恋着这方水土。在偌大的湖边走走停停，心里那一声鸟鸣，在顾盼中重新打开，张开双臂拥抱这片蔚蓝，翱翔的翅膀接纳住水的光泽。

飞，鸟岛上聚集的翅膀，一同打开，天地之间，扑闪着大片大片的阳光。

遇见牦牛

它低着头，在反复审视这片土地。

它的眼里，野草遍地。格桑花开得浓郁，它专注于一棵青青的小草，没有抬头，也没有啃食。

它在听，听一声吆喝，像听一首古老的藏歌。

这里是它的天堂。

酥油茶的芬芳，让它回味这方水土的神韵。

远远地看，它就是镶嵌在青海湖边的花朵，就是青海湖上岸的水花。

一头牦牛是安静的，就像路边的经幡，海风吹来，轻轻摇动一下身姿，很快又平静下来。

万物都有自己的归属。

一头牦牛，是草原上恰如其分的主人。看它缓缓地移动，时光变得悠长而静谧。

（选自 2018 年 11 月 23 日《湛江科技报》）

圣山（外二章）

熊　亮

是山的王者？是冰川的终极？千万年不曾醒来的混沌的巍峨。

狂风，哦，不狂。

风在这里就应该这样桀骜！

水晶一样的透明，在阳光下璀璨的雪峰，你就是见证风雪超度妄念的圣！

经幡转动，阳光转动，神，端坐。

向往

目光能看到多远，神就在那里。

雪，落在我身上，我就在神的怀中。

一匹天马的传说

雪山之外的镜头。

辽阔之外的西域。

跋涉的人（孤独的商人？旅行者？逃亡者？）不能确定的独行者。

还有一匹马。

人、马。两个移动的物体，一团移动的黑点。

黑点在大漠深处，大漠之外还是大漠。

绝望的黑点，停止移动。

刀，出鞘。

马。愕然。（泪水，从马眼眶流出。）

人。挥刀割自己的手腕。（马。愕然。）

马。载起人。飞驰。

大漠，在深后，绿洲在眼前。雪山在眼前。

朝圣的人

圣。神圣的圣。

神。圣。在风雪的重围之中，冷艳，高入风雪的出发点。

“英雄胆气壮，不惧怕死亡；

贤者智慧高，知识难不倒。”（西藏谚语）

路途长哦，长过峡谷中奔流的水。

从大漠走来的人，从山下草甸走来的人，正在转山的长路上，眼里只有圣洁的雪峰。

云与人一起围绕圣山，依恋，不曾离去。

脚步移动，云影填补，云影散去，脚步紧随。

（选自《散文诗》2018 年第 12 期）

半个故乡

熊元善

我曾经写过一首关于故乡的诗，诗中有以下两句："上一个停泊的地方是故乡，父母是故乡！"

十年前的一个秋天，我的母亲在湖北荆州乡下永远地走了。母亲走的那段日子，我像一只离群索居的狗一样忧郁地活着——母亲带走了故乡的一半，余留给我的只有半个故乡了！

我那残缺的半个故乡，便是远隔千里、蛰居乡下的老父亲！

母亲在世时，故乡是完满的，是上弦月和下弦月的吻合，是一盏高悬于游子心中的圆月，永远清辉漫溢，永远亮透游子的心房……母亲最终走了，上弦月被母亲带到遥远的天国。而暗淡下来的故乡，却是一枚永远也不会盈满的下弦月了！

我的半个湿漉漉的故乡，浮漾着凄美的爱的月光——

——我那皱纹密布的乡下老父亲，岁岁年年，在黄昏冷风地吹拂下，银发密生，孤寂而又坚韧地活着，竭尽全力为我支撑另一半故乡的屋檐，精心地缝补出故乡在我心中最初的那份圆满！

……父亲为我坚守故乡，守护那间夕阳纷披的老屋，守护淡蓝的炊烟，守望我精神的家园……让我感觉到故乡永远地存在，让我感觉出天堂母亲的复活！让我那颗游子思乡的心，随时随刻展开翅膀，穿越千山万水，飞进故乡敞开的心灵！

——我虽然只有半个故乡，但这半个故乡的屋檐覆盖天涯，为我遮风挡雨，在我身后燃起火焰，迫使我拳头紧攥，骨骼拔节，一往无前……

父母在，故乡在！一个有着故乡的漂泊的游子，是随时随地可以做着温馨的梦的！即便我只有半个故乡，但我的心灵充溢着幸福，眼里含噙着对父亲无比感恩的泪水！

父辈会老，故乡也会老！人本是土地生长出的另一类作物，月月年年，这作物被季节更替的流泉汩汩沁灌，被一层层岁月的阳光围聚、烹熟，末了，终要被一弯叫做离世的镰刀无情地收割了去……没有一个人的故乡是永久的。一个人的故乡终究要在时空的变幻中渐渐消失，在父辈的相继离世中轰然坍塌——而坍塌了的消失了的故乡，又会在一茬茬后辈的手掌中重建，又会在子孙后代的繁衍中生生不息！

……记不清有多少个深夜，半梦半醒中，我被一扇名为故乡的铁门牢牢关在门外。我挥舞拳头，狠劲地擂着故乡这扇铁门，千万次地大叫着要居住在故乡里面的人为我开门，喊得我嗓音沙哑，擂得我指节滴血，然而无人回应……醒来后，我心里一片荒凉，我惧怕失去父亲失去半个故乡，惧怕有一天永远也迈不进故乡的大门了！

故乡是一抹甜蜜而又苦涩的记忆，是一亩亩割了又长的韭菜般的无奈，是千丝万缕的牵扯，是一堆堆埋着先辈的累累白骨，是涌动的热望！

无论你浪迹何方，无论你年岁多大，只要你失去了父母，你就是一个孤儿，你便没有故乡了。没有了故乡，双脚走到哪里，哪里就是故乡；没有了故乡，故乡就在不知名处，就在望不到尽头的天涯……

“我庆幸我还有半个故乡！我又为我半个苍老的故乡而怅惘！”

——每每想到这些，我的面颊时常划过两行冰冷的清泪！

（选自《中原散文诗》2018 年第 2 期）

挑水的老妈妈

缪立士

需要翻越多少山岗，才能到达落日下的家；需要流下多少汗水，才能放下担子，歇一歇，我的老妈妈？

生活是一副多沉重的担子，一生都在日子中翻山越岭的老妈妈！

你知道自来水吗，水龙头一扭，便会哗哗哗流出清凉甘甜的日子？

需要翻过多少山岗，才能挑来一个滋润的日子；需要送走多少干渴的黄昏，才能迎来幸福的晚年，我的老妈妈？

生活是一副多沉重的担子，一生都在日子中翻山越岭的老妈妈！

你见过空调、冰箱吗，遥控器轻轻一摁，便可以改变一个季节？

暮色已从山谷中飘出，星光落入草丛，虫声唧唧，远山一片昏暗。

需要翻过多少山岗，才能挑来一个滋润的日子；需要送走多少干渴的黄昏，

才能迎来幸福的晚年，我的老妈妈？

（选自《散文诗世界》2018年第3期）

回乡笔记（二章）

墨 凝

小村变了

乡村撵着城市的背影，蹩脚地抄袭，却只蜻蜓点水照抄了点皮毛。

像荒地上忽然冒出的几朵小花，几座砖瓦结构建筑挤扁了原来的土坯房，自惭形秽的土坯茅草屋，像一声颓废的叹息随着落叶一起凋零。

再回乡村，昔日因诗歌而崇拜我的二歪，见了我也不再热情。

一只拴在木桩上不再村东、村西颠儿颠儿窜门的狗儿，冲我吠叫了一声，就带搭不理地缩回了头，村中再听不见老黄牛的哞声。

一辆突突开过的小四轮，以乡村现代的速度与冷漠，粗野地扬了我一身尘土。

小村变了，变得我不敢认它，它也不敢认我。就像一个涂脂抹粉嗲声嗲气，被城市包养了一回的打工妹穿着高跟鞋，走在乡间的小路上，怎么看怎么不舒服。

在乡村寻找夕日的老黄牛

写下这个题目，老黄牛就开始在我的心里反刍。它反复咀嚼的是草也是往事。

老黄牛拉的犁很沉重，可要求并不高，一把青草就让它感恩的不肯轻易咽下。

拉着乡村不紧不慢的日子，完成了使命的老黄牛，如今已被订在了历史的某一章节中变薄，牛皮连同夕日厚重的背影被挂在了，墙上当装饰画或封底。

一道无形的鞭影，在我的灵魂中高高举起——疼。

父亲把一块牛肉夹在我的碗里，漫不经心地说：吃吧，吃吧。

吃草的牛能反复咀嚼，吃肉的我们往往十分轻松。

被淘汰了就没有了存在的意义，不知哪一天，我也成了老黄牛。

（选自《星星·散文诗》2018 年第 12 期）

献给水杉

颜　儿

你适时填补了冬的山峦。

笔直，挺拔，逍遥在水边。它们肩并肩，手拉手，向冰的深处，冬的深处，涉水而来。

一次次接近寒流的边缘，季节边缘。

城市因你而有了温度。

一生孤绝处，绵延在天涯。它把绿的衣衫，与暮色偷换；它是梦中的水笔仔，划出纤瘦的诗行；她在水边，明眸皓齿，美人相伴不寂寞。

那些细如针尖的叶，并排在两岸。由远古而来的水杉，只剩下最后的阳光了，水杉独自支撑了半边天空。

无所畏惧的站立！

关于流水的预言，关于远方的来信，都隐在暗影里。湖面，光影下的美人，浓妆妖娆。云朵是将要远行的马匹，渐次落下来。针叶密布在悬崖上，雨落下来，天空的碎片向远处奔跑。

水杉，其实比银杏更耀眼，像一束光，向前飞奔，永不回头。

年华是怎样虚度的呢？途经的水杉，会告诉你答案。古老的化石，把千年的时光，都融在骨子里了。针叶穿过无数缝隙，日夜不息的奔跑。

它们是岸上的鱼群，那些倾向天空的翅膀，收获人间的光芒。看似坚硬，那些柔软的掌纹啊，在人间纵横交错。

它们体内有一条秘密的河流，通往大地深处。

沉默的力量，要相信，那些叶是不会落的。树上的小星星，吻着一枚落日深眠。风从吹不落它们，树叶间，仿佛有一座古老的村庄。

古典，高贵的影子，带我安静勇敢，走进冬天的殿堂。

这是一群古老，又年轻的树！

安住在水边，守着一些坚硬的时光，为即将而来的消亡，凋零与颓废。万物都隐去，逃遁下一场漂泊的春天。

我迷恋那些红色，古老的树。

明媚，忧伤的，站在孤寂的空里。那空，又有无尽的喜悦与从容。

所有卑微的事物都抬头仰望，湖水之上，我们把幻想留给天空，把未知留给自己。

从此生命又被注入新的血液，永不倒下。

（选自《上海诗人》2018 年第 4 期）

深远的老院子（外一章）

毅　剑

是的，早已没有一点原本的样子了。

远远望去，那深蓝中泛着土黄色的瓦垅，那屋脊上用蓝色的砖块雕刻成的一排形态均异的鸽子，屋脊中间用薄的铁板剪出的总是锈迹斑斑的风旗，以及两端高耸着的土窑烧制出的狰狞兽头……

青砖剥蚀的墙根，风雨侵袭得深凹又有着长长裂缝的土坯院墙，还有院墙下总爱盯着一队蚂蚁搬家的那个孤独的男孩子。

夏日无定向的微风吹过，这个时候，院南墙根老槐树圆形的绿叶，总是紧随着习惯性地不安地抖动。树杈上正在孵化子女的一只斑鸠静如处子，它知道，时不待我，一年一度的生育责任总需要分秒必争。

霸气实足的红公鸡在院子中间走来走去，这是只属于它自己的领地抑或王国，一群下蛋的母鸡全是它的妻妾，它有责任和义务时刻防范隔壁的同性“芦花”不时地来犯和挑衅。

破旧的木门板上，门锁一直就是坏的，门搭吊更是原本就只是可有可无的饰物。只有白天躲在大门后面的那根硬实木棍还有用场，一直按部就班地在夜里顶门上岗。

干干湿湿的柴草涌进砖泥混砌的炉膛，火苗忽高忽低，炊烟时浓时淡。木制的风箱总是吃力的吹呀吹，一天又一天，一年又一年，依然吹不尽小院骨子深处的贫寒。

那时候，年已七旬的老祖母还健在。

她颠动一生的小脚像两只一直旋转的陀螺，总不停闲。她习惯了和她的鸡说话，与她的猪谈心，她的鸡和猪不闹腾了，她又会自言自语。

如今，这一切的一切，都早已不见了。

是的，都——不见了！只有风和那一小片没被水泥覆盖的黄土，似曾相识。

破败的寨墙

当我能够记事的时候，它就已是破败的了。

四面环水的村庄，被时断时续、时高时低的土寨墙围堵着。

这是鲁西南一个叫张寨的地方，像黄河冲积的大平原上众多不见经传的村庄一样，饱经了的，那些过多的洪水、过多的泥沙、过多的马蹄和风尘，一层又一层地淤没了它生生不息的战火和农事。

小西门、南寨豁、北寨口、东大门……许多年里，我都不理解小村中这些奇怪地点方位名称的来历，直到我长大又离家多年后，在一次春节回老家，无意间翻阅地方志时才明白。原来，这些在外人看来莫名其妙的小村地点名称，都缘于那一圈厚实的土寨墙。

相传，这寨墙起源于明燕王的北征，明洪武三十一年十二月，为了提防朱棣造反，建文帝朱允炆，假借打击居于漠北的蒙古贵族对内地的侵扰和破坏为名，让他带五百老弱残兵北上讨伐。兵至中原地区的鲁西南，理解建文帝“让他去送死”用意的朱棣，随即在此安营下寨，招兵买马，扩充自己的势力。所以，这一带的村庄名字，不是叫 X 营，就是叫 XX 寨。

距张寨不到一公里的另一个叫娘娘营的村子，据说，就是因朱棣的一位妃子，其间病故埋葬于此而得名。

如今，破败的寨墙早已移为平地，围寨墙而流动的水沟要么被填平，要么是一个垃圾坑。匆忙的村里人，也很少有人会提起有关寨墙的事。

可在我的心里，它还一直都在，就像那曾经一直被封闭着的小村，它一直都深藏着只属于我的少年，只属于我曾经的梦想，只属于我的记忆和终其一生理还乱的乡愁！

（选自 2018 年 9 月 17 日《滨海时报》）

与史为邻

潘玉渠

1

或许，只有在史册中穿行的时候，我们才能撷取到时间哐当而去的踪迹，并赋予自己江河的波澜，让思考成为调配一切行动的佐料，收纳五味。

自夏商打马而来，历经秦汉一统，唐宋变革，以及明清闭关锁国，直抵当下。

先人们的行止，让我们学会了反省与辩证，学会了探究事物的本质和人心向背的潜在原因。

当然，也让我们厘清了善恶、是非的逻辑关系。

对于光荣的解读，我们主张仁者见仁，智者见智：

有人坐而论道；有人烽火激扬。

有人执着于驾舟撒网，渔歌唱晚；更有人痴迷于封侯拜相，衣锦还乡。

然而，人生如棋局，黑白之道一直操纵着昨昔和未来。

世间本无局外人，撇开功过是非，每个人都将被泥土永远圈禁。谁也无法戒急用忍，而成为一株参天的野草。

2

昙花的绽放，有一种短暂而绝伦的美。

这份美，因其干净与谦卑，而被人们世代歌颂。

但是，满纸病症的史书却告诉我们——

有人想长生不老，御天地而永生，引得妖道番僧纷至沓来，在丹药与经幡里种下迷离的蛊；

或云理想刚猛，可炼不死身，可炼不朽名。

我道其所炼，是白日梦，是朽槁之草木，是断流之长河。

我不敢断言，人不及禽兽，更不及草木。

但能肯定——

一旦自我偏袒的恶习与日俱增，就不会为了真理而承担愧悔。那些病入膏肓的例证，已生动地显像出主角们的隐疾。

还有无限葱茏的日子，在脚下候着。

内心的痉挛，让未来的每一步，都有可能堕入预设的陷阱。我们从何处来，又将往何处去？

而这，并不是一道无解的题。

3

窗纸隔开的世界，一侧五彩纷呈，一侧素淡而缄默。

一些模糊的影像，正在视野中脱轨。

置身于小镇的一隅，似乎便可洞察这繁复而深邃的世界。长短、对错，作为相生相克的章节，被所有的作者沿袭至今：

子虚乌有的快意，被征引出。

真刀实枪的痛苦，被隐匿掉。

本该聚拢于篇末的省略号，也被一场场虚构的大雨轻易冲散了。来不及躲避的行人，则在大街上拼接为仓促人生的插曲。

生命的蝶变，是一件顺其自然的事情，无关乎华丽地修饰，万不可无端地篡改。

解构，还原，涂抹，抑或猜想，都应始终围绕着真相。

——撰写自己的信史，在干净的白纸上；

——做自己的王，在高高的山冈上……

（选自《散文诗》2018 年 3 月下半月刊）

春天献辞（外一章）

潘志远

逆袭春天的雪。

留在白昼不愿退却的月光。

栖息在枝头的白鸽……

它们有许多好听的名字，喜欢就抱一个回家，放在梦里。

倘若还不够，就用你的肺腑采一缕它们的芬芳：安神，酿酒，或者用它们起兴写一组温文尔雅的诗歌。

……这些都不为我所用，我只静静伫立，以四十五角完成一次仰望。

此刻，春天的雨水正适合沐浴，适合淬炼筋骨。

此刻，阳光的亲和力，足以让你敞开心胸。

此刻的风，像母亲的手抚摸你的额头，像恋人的唇吻你，陪你在郊野徜徉……

心结已经解开，尽情舒展；尽管还有料峭春寒，但它们对春天的信任，容不得半点迟疑。

对于性急的人，是有点姗姗来迟。

可迟到的惊喜，相比于早到和正点的惊喜，显得更加珍贵。

春晓 鸟鸣探幽

小小的胸腔，细细的嗓门。

——毫不拘泥，毫不畏惧，对自己发声，对同类发声，对春天发声：也就是对尘世发声。

自言自语，对唱，合唱，或吵成一团。

或者，久压心中的谜团，被春天挑破，一只鸟在不断诘问。

或者，两只鸟在辩论，谁也说服不了谁。

或者，一群鸟在反复争执，莫衷一是。

这情形，和我们无异。应该比我们有过之无不及。

绝不会仅仅因天气而寒暄，绝不会因两只鸟之间的罅隙而浪费口舌……应该是为生态环境日益恶劣而商讨对策，应该是为族类的命运召开一次阳春的峰会。

我们也有类似的处境，但我们能安于现状。也有类似的忧郁，但我们常三缄其口。

也有过叹息，如一阵风刮过；也有过愤懑，如天空飘过几朵乌云；也有过牢骚，空打几声响雷……

剑拔弩张，但更多是选择妥协。

我们的妥协像一只只柿子，被人捏来捏去；或像一团团橡皮泥，被塑成形，到处标榜处世的学问，被当成艺术，有欣赏和效仿的余地。

（选自《诗选刊》2018 年第 6 期）

喀拉峻（外一章）

薛　菲

喀拉峻，感恩在纠正白天的祈祷词。

喀拉峻，反讽在证明夜晚的涂改液。

喀拉峻，有困顿从我眼里流出，就是伸张的黎明；喀拉峻，有挣扎从我梦中醒来，就是冒险的春天。

喀拉峻，有寂静从我身体路过，就是安抚的白雪。

喀拉峻，以一座草原的名义要求，盛夏。我准备好冬天的骨头和春天的手；

我准备好捕风的笑。

我喜欢，2015年的野百合，我要求过，转场，从那拉提到喀拉峻，乌孙国的夏牧场。

我无法使西域草原成为情绪的出口，我不懂。我只知道我叫薛菲，来自草原之外的高原。

在伊犁，我时常废弃自己，是因为知道回收我的器皿叫喀拉峻，我身上有一座草原的秘密在于我。

苹果之城

许多花，和城市化进程中大量垃圾一起死掉。

苹果抚养的城市，受着饱满的光照和自由的蛊惑。

在伊宁，每个人都有想当然的甜，和迫不得已的腐烂。手捧纱窗广告的姐姐，每年苹果萌发的时候，在伊犁河路兜售生意。

虽然，每家茶几上有水果刀，总有不可避免的大多数。

糖分太足的城市，已越来越精致。

被抛弃的苹果，滚过黑夜，一滴热泪滚过委屈的眼眶。

（选自《星星·散文诗》2018 年第 9 期）